PERDITA

E. BERNARD, éditeur, PARIS

Perdita

Par Auguste Lepage

A Coquelin Cadet
A. L.

PARIS

E. BERNARD IMPRIMEUR-ÉDITEUR

29, Quai des Grands-Augustins, 29

Perdita

I

En 1780 la haute société de Londres, celle qui donnait alors le ton à la mode et aux distractions coûteuses et fatigantes, fut mise en émoi par l'apparition brusque dans les lieux de plaisir de la capitale, le Ranelagh et le Panthéon-concert, d'une jeune femme dont la beauté éblouissante attira immédiatement tous les regards et excita toutes les convoitises. Les roués londoniens, aussi dépravés mais moins bien élevés que ceux de Versailles, qu'ils avaient pris pour modèles, accoururent autour de cet astre nouveau qui rejetait au rang de simples nébuleuses les étoiles de première grandeur qu'ils avaient jusqu'alors adulées, accablées d'éloges hyperboliques qu'elles écoutaient complaisamment et de guinées qu'elles recevaient avec joie, tout en dissimulant cette joie sous un calme de convention, pour ne point faire baisser les hauts prix des faveurs qu'elles daignaient accorder aux plus séduisants, c'est-à-dire aux plus généreux de leurs adorateurs.

Elles ne virent pas sans jalousie la nouvelle venue leur enlever ceux qu'elles croyaient tenir solidement enchaînés. La passion de ces prodigues semblait s'être brusquement calmée, leurs feux incandescents s'étaient éteints, leurs bouches ne laissaient plus échapper de phrases admiratives et, ce qui était plus grave, ils n'offraient plus d'or, plus de billets de la banque d'Angleterre, à peine des soupers où chacun se grisait comme des porte-faix, où hommes et femmes roulaient sous les tables ou s'étendaient sur les parquets. Tant que duraient ces orgies on ne s'occupait que de la divinité du jour et les plus ivres, dans leur langage incohérent, faisaient encore l'éloge de ses yeux, de son teint, de sa taille.

Tout Londres voulut voir et admirer cette merveille à la grande joie des exploitants des deux établissements publics dont nous avons donné les noms. Les plus hardis d'entre les roués tentèrent d'abord de séduire la nouvelle venue en lui faisant remettre des billets où ils sollicitaient l'honneur de lui être présentés, se chargeant eux-mêmes de la présentation, et laissèrent clairement à entendre que non seulement ils mettaient à ses pieds leurs cœurs, mais aussi leurs fortunes, ces lettres demeurèrent sans réponses, ce qui ne laissa pas de causer quelque surprise.

On s'informa et l'on apprit que la mystérieuse inconnue se nommait mistress Robinson, qu'elle était mariée légitimement avec l'homme qui l'accompagnait toujours comme son ombre, sir Horace Robinson, qu'ils devaient posséder une fortune assez grande si l'on en pouvait juger par le luxe de leurs équipages, la beauté de leurs chevaux et leurs nombreux domestiques. Ils possédaient à Hatton-Garden une fort belle maison qu'ils avaient payée comptant. Cette découverte jeta un froid chez quelques-uns, mais d'autres, les plus emballés, s'irritèrent au contraire et jurèrent d'amener à résipiscence cette vertu, malgré sa fortune et malgré son mari qui, pourtant, n'avait point l'apparence d'un mari complaisant, décidé à ne rien voir.

La froideur dédaigneuse de mistress Robinson irritait les convoitises au lieu de les calmer et quatre jeunes gens, le capitaine Ayscough, lord Northington, lord Littelton et un fils de commerçant, heureux de fréquenter avec grands personnages, Arthur Fitzgérald qui s'occupait, prétendait-il, d'art, de théâtre, et de littérature, mais en réalité passait son temps à se griser, décidèrent de ne point renoncer à une lutte dont le prix serait le trésor merveilleux qui détraquait toutes les cervelles.

Sir Robinson possédait de superbes chevaux de selle dont la perfection des formes lui attirèrent la réputation d'un fin connaisseur. Quand il sortait faire une promenade à cheval il était presque toujours seul, suivi à distance par un groom lui-même cavalier excellent; rarement sa femme l'accompagnait, on en conclut que l'équitation ne lui plaisait que médiocrement, il serait alors facile de parler à sir Robinson, le moyen d'entrer en relation était tout trouvé; le complimenter sur la beauté de ses bêtes, le reste viendrait tout naturellement, c'est-à-dire la présentation en règle à la jeune femme. Mais qui

commencerait l'attaque? Chacun des viveurs préten-
dait être le seul capable de réussir, la discussion sur
ce sujet important dura plusieurs jours et menaçait
de ne point finir quand Arthur Fitzgérald déclara
à ses amis qu'il fallait sous peine d'être tué par le
ridicule, aboutir.

— Avez-vous une solution ? lui demanda le capitaine Ayscough.

— Oui. Il faut mettre n'est-ce pas toutes les chan-
ces de notre côté.

— C'est entendu, répondirent ses trois compagnons.

— Sir Robinson notre futur ami, car nous avons
l'intention d'en faire notre ami le plus excellent.

— Nous sommes d'accord.

— Eh bien celui d'entre nous capable de réussir
est lord Littelton.

— Vous exagérez mes mérites, dit celui-ci en s'inclinant, pourquoi pas vous ou un autre.

— Moi je ne suis pas noble, donc de ce côté je
n'exerce aucun prestige, je ne suis pas officier, l'in-
fluence du nom pourrait être alors être remplacée par
l'uniforme.

— Mais pourquoi pas lord Northington qui appartient comme moi à l'une des plus illustres familles
de l'Angleterre ?

— Notre ami lord Northington a sur vous une infériorité trop marquée.

— Sous quel rapport ?

— Il est presque rangé, se grise au plus trois fois
par semaine, n'enlève une femme en vue qu'une fois

ou deux par an et a pour ses conquêtes des égards vraiment scandaleux. Lord Littelton au contraire est ivre tous les jours, ivre-mort trois fois la semaine. Il brouille un ou deux ménages par mois et roue de coups ses maîtresses qui, malgré ce traitement fort vif, ne veulent point le quitter et se feraient mourir pour lui être agréable.

— Vous me flattez, dit lord Littelton.

— Non, je rends justice à vos qualités brillantes. C'est donc vous qui allez être chargé de la conquête de sir Horace Robinson, qui sera le prélude de celle de sa femme.

— Puisqu'il en est ainsi, je me sacrifie, répondit le jeune lord.

— Mettez-vous immédiatement en campagne, dit le capitaine Ayscough.

Après cette conversation, pendant laquelle les quatre jeunes gens avaient évité de boire afin de conserver tout leur sang froid, ils voulurent rattraper le temps qu'ils considéraient comme perdu et, deux heures plus tard ils s'endormaient sur le parquet pendant que d'autres achevaient de se griser en criant, gesticulant, embrassant les femmes qui leur tenaient tête jusqu'à ce que l'ivresse les eût complètement abruties, alors, une à une, elles tombaient lourdement de leurs chaises et s'étalaient parmi ceux qui les avaient précédées sous les tables.

Comme cette scène se renouvelait chaque soir, les domestiques n'y prêtaient aucune attention s'occupant seulement d'enlever ceux qui s'étalaient sur des compagnons déjà en possession d'une place et eussent pu les étouffer sous leur poids.

Quand le jour commença de paraître, on entendit des grognements, des jurons, des rires. Les dormeurs s'éveillaient fatigués, la bouche sèche, s'asseyaient non sans peine, leurs laquais accouraient, les aidaient à se remettre sur pied, mais quelques-uns, des femmes surtout, à peine debout et n'étant plus soutenus, s'écroulaient comme des masses et décidaient d'attendre par une prolongation de sommeil, que leurs forces fussent revenues complètement.

Lord Littelton fut un des premiers à rentrer en possession de toute sa raison. Il se rappela dans ses moindres détails le plan de campagne dont il avait été chargé et songea au moyen le plus prompt de se lier avec sir Horace Robinson. Rentré chez lui il se coucha, dormit une heure à peine, aussitôt éveillé il appela son valet de chambre pour l'aider à sa toilette et l'ivrogne abruti de la nuit parut transformé en mondain élégant.

— Il faut que, aujourd'hui même, je parle à ce Robinson, se dit-il. Il nous faut des distractions nouvelles, depuis trop de temps nous ne les avons pas variées, mêmes griseries, mêmes disputes, mêmes femmes, cela ne peut pas durer.

Il fit seller son plus beau cheval, qu'il enfourcha sans aide ; après un essai autour de la cour, il murmura satisfait :

Toute fatigue a disparu, le corps est solide, l'esprit est libre. A nous mistress Robinson.

Il rencontra celui qu'il cherchait près de Hyde Parc à cheval comme lui. Il s'agissait d'engager la conversation. Sa monture était jeune, peu docile, il l'avait choisie ainsi pour faire admirer aux badauds son habileté et accentuait encore sa qualité de cavalier consommé par des pressions du mors qui faisaient se dresser l'animal sur ses jambes de derrière ou se cabrer. Il s'arrangea pour arriver près de sir Horace Robinson comme emporté par son cheval emballé, qu'il arrêta juste au moment où les deux bêtes allaient se heurter et peut-être par la violence du choc, tomber et blesser leurs cavaliers.

Les deux hommes demeurèrent une demi-minute à se regarder en silence, puis lord Littelton remis de son émotion calculée, s'excusa de sa maladresse. Ses excuses agréées la promenade continua, la conversation roula sur les chevaux, l'intimité entre ces deux admirateurs passionnés de la race chevaline fut bientôt établie. Sir Horace accepta l'offre qu'on lui fit d'être présenté aux amis de lord Littelton et rendez-vous fut pris pour le soir au Ranelagh.

II

Vers dix heures du soir ils se retrouvèrent à l'endroit désigné, alors eurent lieu les présentations en présence de femmes aux toilettes excentriques, imitations ridicules des costumes de Paris. Le nouveau venu se montra joyeux compagnon, buveur intrépide,

causeur infatigable, acceptant les avances des habi-
tuées, qui voyaient en lui un sac à guinées à vider
consciencieusement.

Le matin, quand on se sépara, il était aussi ivre que
lord Littelton, retrouva non sans peine sa maison et
aussitôt rentré, tomba sur un fauteuil où il s'endormit. Sa femme qui l'avait entendu, se leva pour aller
lui parler, mais elle le vit dans un état tel qu'elle jugea inutile de lui adresser la parole, il lui eût été
impossible de répondre. Au milieu du jour seulement
il put raconter ce qui s'était passé :

— Et vous allez fréquenter ces gens-là ? lui demanda Mary.

— Certainement. Songez donc qu'ils pourront nous
être fort utiles.

— De quelle façon ?

— Lord Georges Littelton est l'ami du prince de
Galles, le père d'Arthur Fitzgérald est très riche, lord
Northington deviendra ministre et le capitaine Ayscough général, certainement. Le hasard m'a favorisé
et j'arriverai à être un personnage important, avec
votre aide, car vous m'aiderez.

— Comment ?

— Votre beauté vous attirera une foule d'adorateurs.

— Et vous croyez que...

— Oh ! ne vous imaginez pas que je fais allusion à
des choses indignes que vous ne sauriez accepter
sans me déshonorer. Mais enfin, en n'accordant rien
on peut laisser espérer tout.

— C'est un jeu bien dangereux.

— Où nous gagnerons la partie, soyez sans crainte.

— Je le souhaite, mais je ne suis pas convaincue.

Comme elle aimait le luxe, la vie facile et avait confiance dans son mari, elle ne souleva plus d'objections et bientôt on ne s'occupa, dans la haute société de Londres, que des superbes équipages de sir Robinson, de la beauté de sa femme et de ses toilettes merveilleuses, d'un goût si parfait qu'elle portait avec l'aisance majestueuse d'une fille de lord habituée dès son enfance aux usages de la cour. Elle joua en amateur des rôles sur des scènes privées, où l'on applaudit son talent de comédienne.

Elle eut des adorateurs qu'elle sut tenir à distance, tout en ne les fâchant pas. Lord Littelton et Arthur Fitzgérald se montrèrent les plus audacieux, mais celui-ci renonça à une conquête qu'il jugea impossible, laissant le champ libre à son ami, qui ne la quitta plus et lui écrivit tous les jours. Elle riait quand il la menaçait de se tuer en public, à ses côtés.

— Vous tenez trop à la vie pour vous en délivrer ainsi, lui dit-elle un jour, en sortant du théâtre de Drury-Lane, où il l'avait accompagnée.

— Sans vous, l'existence n'a pour moi pas de valeur.

— Vous êtes un peu fou.

— Pas encore, mais je le deviendrai si vous continuez vos rigueurs.

— Vous avez tant d'autres femmes aussi belles que

moi qui n'attendent que vos propositions pour tomber amoureuses de vous.

— Quelles femmes ? De celles que chacun peut avoir en leur promettant la fortune. Mais elles n'ont pas votre beauté, votre esprit, vos talents.

— Elles sont libres, moi j'ai un mari.

— Qui ne vous aime pas, vous néglige, se passionne pour des drôlesses qui se moquent de lui et l'exploitent quand il a à sa disposition un véritable trésor dont il n'a pas même l'intelligence d'apprécier le mérite.

— C'est vous qui l'entraînez.

— Oh, il s'entraîne bien tout seul et sait se faire suivre par les autres. Il n'a pas besoin de guide dans la vie d'amusements et ce n'est ni moi ni mes amis qui l'avons fait ce qu'il est. Vous ne perdriez pas beaucoup en vous séparant de lui.

— C'est que je ne serais pas certaine de trouver mieux en l'abandonnant.

— Dites un mot et je vous jure de rester pour vous un esclave obéissant et fidèle.

— Non, mylord, je ne dirai pas ce mot, parce que je retrouverais en vous les mêmes défauts, les mêmes vices que chez sir Horace.

— Jurez-moi au moins que vous n'écouterez pas un autre homme, autrement je mourrais de jalousie.

— Je ne veux rien jurer.

— Ah, vous voyez bien. Si c'était un autre que moi qui mit à vos pieds sa personne, sa fortune et sa liberté, vous accepteriez.

— Cela ne vous regarde pas.

— Cela me regarde parce que je vous aime.

— D'autres ont, comme vous, le droit de m'aimer et de me le dire.

— C'est ce que je ne souffrirai pas. Je vous suivrai partout comme votre ombre et si je m'aperçois un jour que vous avez pour un autre un sourire plus doux, un regard plus tendre, je tuerai cet autre, quel qu'il soit, je vous le jure.

— Vous faites bien de me prévenir, je prendrai mes précautions. A présent, séparons-nous. Vous m'avez dit ce qui vous tient au cœur, je vous ai répondu franchement et je ne reviendrai pas sur mes paroles...

Littelton se retira furieux pour aller rejoindre ses amis.

Il avait le visage décomposé par la colère et le dépit, ses yeux brillaient, tout son corps tremblait. Le capitaine Ayscough fut frappé de son agitation :

— Qu'avez-vous, lui demanda-t-il ; que vous est-il arrivé ?

— Rien, du reste cela ne vous intéresse pas.

— Si, cela m'intéresse dès que vous venez dans notre société apporter votre mauvaise humeur.

—Laissez-moi, je vous prie, je veux être seul.

— Soyez seul, mon ami, et amusez-vous bien. Dites-vous des choses spirituelles qui feront disparaître votre colère et surtout buvez beaucoup pour noyer le chagrin dont il me semble que vous êtes accablé.

Le jeune lord se mit à une table seul et se fit servir

des boissons alcooliques. Il fut bientôt gris et se mit
à parler seul un langage incohérent. Il menaçait une
femme, puis la suppliait, joignant les mains comme
si elle eut été en face de lui, il pleurait et riait à la
fois, tendait les bras, montrait les poings ; un groupe
s'était formé autour de lui, qui l'écoutait, essayant
de donner un sens à ses phrases. Il finit par tomber
le nez sur la table, et s'endormit bruyamment. Les
curieux s'éloignèrent afin de ne pas troubler son
sommeil. Il ne s'éveilla qu'à trois heures du matin,
brisé, énervé, la tête lourde, et fut quelques minutes
à regarder de tous les côtés, cherchant à se rendre
compte de sa position. Peu à peu la mémoire lui revint, il se rappela son entrevue avec mistress Robinson, leur conversation, comment ils s'étaient séparés
et son arrivée au Ranelagh.

Ses amis ne jugèrent pas à propos d'aller lui parler et le laissèrent seul, s'étirer les bras et les jambes, remuer la tête et enfin se mettre debout, non
sans peine. Se sentant solide, il traversa les groupes
et sortit sans prononcer un mot, sans saluer :

— Que diable peut-il bien lui être arrivé ? demanda
lord Northington.

— Il a dû se quereller, dit le capitaine.

— Avec qui ? Nous ne lui connaissons pas d'ennemis !

— Avec un ami, sans doute. Nous serons certainement renseignés dans la journée.

Les rues de Londres n'étant pas sûres, un laquais
avait accompagné Littelton à la porte de son logis.

Péniblement il arriva à sa chambre à coucher, tomba sur le lit et s'endormit.

Il se leva fort tard dans la matinée et, en s'habillant, songea à mistress Robinson. Il ne chercha point à se faire des illusions et se dit qu'elle le repousserait toujours, ses réponses avaient été trop nettes pour qu'il pût se tromper sur leur sens. Mais il était amoureux fou de cette femme et une jalousie terrible le rendit féroce, il jura de tuer celui qu'elle prendrait pour amant, quel qu'il fût, même le prince de Galles.

Il ne se doutait pas qu'à la même heure Fitzgérald embauchait deux soudards qui se chargèrent, moyennant cinquante livres, d'arrêter la jeune femme qu'ils connaissaient pour la voir, soit seule, soit en compagnie de son mari, se rendre en équipage souvent, à pied quelquefois, dans les lieux de plaisir fréquentés par l'aristocratie. En leur qualité de rôdeurs habitués à chercher leur misérable existence autour de ces endroits, ils en connaissaient tous les clients qui les employaient à faire des courses ou des besognes malpropres. Ils commettaient même des crimes quand on les payait en conséquence; arrêtaient un personnage qu'on leur avait désigné, l'empêchaient de crier, l'emportaient et le lançaient dans la Tamise avec la même tranquillité d'esprit qu'ils y eussent jeté un chien galeux.

Vingt-quatre heures plus tard, les deux estafiers rencontraient près du théâtre de Drury-Lane mistress Robinson, à pied. Le jour déclinait, un brouillard léger emplissait la rue, chacun s'empressait de gagner son logis. Un des chenapans, profitant d'un instant où leur victime se trouvait seule, lui jeta sur la tête un petit châle noir et l'attira sur lui. Son complice lui saisit les jambes et ils l'emportèrent rapidement, malgré la résistance qu'elle cherchait à leur opposer. On se dérangeait pour les laisser passer, et en voyant les contorsions de leur fardeau, on se disait :

— Voilà une ivrognesse qu'on a ramassée dans la rue.

Après une course de trois quarts d'heure, ils s'arrêtèrent devant une petite maison précédée d'un étroit jardin. Ils poussèrent la porte, entrèrent, et, en la refermant, donnèrent un tour de clef et déposèrent mistress Robinson dans un petit salon du rez-de-chaussée où se trouvait Fitzgérald :

— Voici, sir, l'objet que vous attendez, dit cyniquement l'un d'eux.

— A présent, payez-nous, dit l'autre, en tendant une main formidable, rugueuse, couverte de crasse.

— Et si je refusais, répondit le jeune homme, que feriez-vous ?

— Ceci, d'abord.

La main se retourna brusquement, décrivit en l'air un demi-cercle et retomba comme une masse sur l'épaule d'Arthur Fitzgérald qui tomba à genoux sur le parquet. Le bandit continuant sa phrase :

— Et ensuite...

— Non, non, n'achevez pas votre démonstration.

O'HAMEL

J'ai certainement l'épaule déboîtée. Je vais vous payer.

— A la bonne heure, ne vaut-il pas mieux se séparer bons amis.

— Allez au diable avec votre amitié.

— Nous irons d'abord nous rafraîchir, car la course nous a échauffés.

Sir Arthur déposa dans la main qui avait repris sa position du début, cinquante livres en belles guinées que se partagèrent, avant de sortir, les deux coupe-jarrets. Ils partirent alors, saluant leur client, et celui qui avait reçu la somme lui dit :

— Si jamais vous avez besoin de nos services, pensez à nous.

C'est bien, c'est bien allez, fit Fitzgérald en leur montrant la porte.

— Ne faites pas le fier, mon prince, avant qu'une heure soit écoulée, nous serons aussi saoûls que vous l'avez jamais été.

Quand ils furent dans la rue, celui qui n'avait rien dit, ouvrit la bouche :

— Tu parles comme un avocat, je t'admire, dit-il à son camarade.

— Que veux-tu, répondit modestement celui-ci, on sait se faire comprendre, l'éloquence n'est pas donnée à tout le monde.

— Moi, j'en manque. Ainsi, à ta place, au lieu de parler, j'aurais tué ce marquis ou duc et ensuite dévalisé son logis.

— On pourra le dévaliser sans être obligé de verser le sang. Nous en reparlerons.

Ils entrèrent dans un débit de boissons et une heure plus tard ils ronflaient à poings fermés, étendus sur un pavé de briques couvert d'une paille souillée par les habitués de l'endroit.

Dès que Fitzgérald s'était trouvé seul avec sa victime, il l'avait débarrassée du châle qui enveloppait sa tête, l'empêchait de voir et étouffait ses cris. Terrorisée par une attaque aussi brusque, presque en plein jour, dans un quartier animé de Londres, elle avait à demi perdu connaissance, s'était peu débattue et n'avait même pas songé d'appeler à son aide. Quand elle eut reconnu le jeune homme, elle lui demanda d'une voix que faisait trembler l'émotion, comment ils se trouvaient ensemble :

— Je vous aime, chère Mary, à en perdre la raison.

Il voulut lui prendre une main qu'elle retira avec un geste de dégoût.

— Alors, répondit-elle, vous vous imaginez que je vais tomber dans vos bras parce que vous m'avez fait enlever par deux bandits ?

— Vous pardonnerez mon action en considération du motif qui me l'a fait commettre.

— Je ne vous pardonnerai rien, je ne veux plus vous voir, vous entendre, laissez-moi.

— Mais où irez-vous à cette heure. La nuit est arrivée et les rues ne sont pas sûres. Attendez à demain.

— Je n'attendrai pas un quart d'heure. Ouvrez-moi.

Fitzgérald comprit qu'il devait céder :

— Eh bien, dit-il, pardonnez-moi ma mauvaise action ; je vais vous accompagner jusqu'à chez vous, à Hatton Garden.

— Vous devenez raisonnable ; je vous pardonne et vous promets d'oublier ce qui s'est passé tout à l'heure.

Il prit son épée, son chapeau qu'il garda à la main et, s'inclinant devant la jeune personne :

— Je suis à vos ordres, lui dit-il.

— Guidez-moi, sir Arthur, répondit-elle sèchement.

Quand ils furent dans la rue, elle lui fit remarquer qu'il oubliait de fermer les portes à clef :

— Il y a un de mes laquais pour garder la maison, Madame.

Ils marchèrent dans les ténèbres pendant une demi-heure, mais Fitzgérald connaissait le chemin et ils arrivèrent, sans avoir fait de mauvaise rencontre, jusqu'au logis de mistress Robinson qui s'arrêta et dit à son compagnon :

— Votre protection ne m'est plus d'aucune utilité. Séparons-nous.

Sans lui laisser le temps de répondre, elle frappa à la porte, un domestique qui attendait dans l'intérieur, ouvrit et, tout déconfit de l'insuccès de son équipée, le trop entreprenant roué continua sa route du côté du Ranelagh où il rejoignit ses amis, fort étonnés de ne pas l'avoir aperçu encore, et à qui il se garda bien de raconter son piteux échec.

III

Sir Horace Robinson devint bientôt le chef de cette petite et remuante troupe de désœuvrés. On lui supposait une grande fortune pour soutenir son luxe, sa femme ne se séparait pas de lui, mais, étant devenue enceinte, elle fut obligée de se reposer et il se trouva absolument libre pour quelques mois. Il profita de cette liberté pour afficher des maîtresses coûteuses, augmenter ses dépenses. Malheureusement, il avait englouti sa fortune dans cette vie folle, il eut du crédit, mais ses créanciers finirent par perdre patience, le poursuivirent et obtinrent contre lui une condamnation à dix mois de prison pour dettes. Ce fut un véritable effondrement dont on parla durant huit jours, puis comme tous ceux dont la réputation ne s'établit que par une vie d'excentricités, on l'oublia. Cependant le souvenir de sa femme persista, on chercha à savoir ce qu'elle était devenue au milieu de ce désastre qu'elle avait bien un peu contribué à amener. Arthur Fitzgérald voulut se donner la satisfaction de la voir pauvre, elle qui l'avait si dédaigneusement repoussé, il tenait à l'humilier en lui rappelant sa splendeur disparue.

Il finit par apprendre qu'après l'arrestation de son mari, elle avait quitté Londres avec son enfant, son

absence avait duré quinze jours, et depuis son retour
elle était installée auprès de la prison où tous les
jours elle pouvait voir Robinson dont la vie se trouvait ainsi adoucie, grâce à la présence des deux êtres
qui lui tenaient le plus au monde. Fitzgérald tenta
vainement de parler à la jeune femme qu'il trouva
encore plus séduisante sous ses vêtements modestes
que couverte des toilettes merveilleuses qui excitaient autrefois l'admiration. Et pourtant, s'il lui
avait été possible de lui dire quelques mots, c'eût été
des mots d'amour; sa passion assoupie s'était réveillée
aussi vive qu'autrefois, il ne songeait plus à l'humilier en lui rappelant ses jours de bonheur où tous les
hommes quêtaient de ses yeux un regard, de ses lèvres un sourire.

— Elle aime sa brute de mari, dit-il à ses amis, et
pourtant il l'a trompée, a gaspillé sa fortune avec des
femmes qui ne la valaient pas.

— Nous ne connaissons pas le cœur féminin,
bégaya sentencieusement lord Nottington à moitié
gris.

Tout Londres sut bientôt que la belle mistress Robinson était prisonnière volontaire par amour pour
son mari, les uns se moquèrent de son dévouement,
les autres — le plus grand nombre — l'admirèrent,
et dans l'entourage du prince de Galles la curiosité
fut attirée sur cet astre pâli qui avait brillé d'un
éclat si vif pendant quelques années. On attendait
avec impatience le jour où la liberté serait rendue
au prisonnier pour voir comment vivrait le ménage

dans la détresse ; car il ne pouvait reparaître sur son ancien théâtre que par les complaisances de la femme, et on était certain qu'elle refuserait les propositions les plus brillantes.

— Elle entrera au théâtre, dit un jour Fitzgérald.

— Ho, ho, répondit lord Littelton, elle a la beauté qu'il faut à une artiste, mais aura-t-elle le talent nécessaire ? j'en doute.

— Elle a déjà joué en amateur, et ma foi, nous le savons tous ici, son succès a été très grand, fit observer le capitaine Ayscough.

— Succès de complaisance, capitaine, succès de jolie femme...

— Pardon, sir Arthur, interrompit un auditeur qui écoutait la conversation, elle a réellement du talent et je m'y connais.

— Ah, monsieur Brenton, si vous vous portez garant du talent de mistress Robinson, je dois m'incliner.

L'interrupteur était le premier artiste du théâtre de Drury-Lane.

— Et si elle y consent, continua M. Brenton, dès que son mari sera libre, je lui procurerai le moyen de débuter sur la scène. En attendant elle vient de publier un volume de vers ma foi fort remarquable.

— Mary Robinson poète ? s'écrièrent trois ou quatre voix, ce n'est pas possible.

— Et pourtant cela est. L'œuvre est dédiée à Mme la duchesse de Devonshire...

— Quelle audace ! dirent les mêmes voix, lady Devonshire a refusé cet hommage.

— Elle l'a au contraire accepté et fait remercier l'auteur.

— Mais qui peut lui avoir attiré la sympathie de la duchesse?

— Son dévouement pour son mari.

— Qui n'en est vraiment pas digne.

— C'est vrai, capitaine, aussi ce dévouement mérite-t-il non seulement le respect, mais l'admiration de tout le monde.

M. Brenton jouissait de la stupéfaction où il venait, par ses révélations, de plonger ses auditeurs.

— Mme la duchesse n'abandonnera pas sa protégée leur dit-il et dès qu'elle sera libre, je la dirigerai vers le théâtre, je lui garantis un succès fou, elle attirera la cour et la bourgeoisie, pourra reprendre son existence luxueuse si cela lui convient.

— Cela conviendra surtout à son mari, dit lord Northington.

Mistress Robinson pauvre fut bientôt aussi célèbre que lorsqu'elle était riche et éblouissait par son luxe tout Londres mondain. On ne s'occupa plus que d'elle, chacun voulut lire ses poésies, ce fut un engouement et lorsque son mari quitta la prison pour dettes, il y eut, à propos de ce fait si simple une émotion aussi vive que s'il se fut agi de la libération d'un malheureux condamné injustement.

Brenton s'invita lui-même à dîner chez eux lorsqu'ils furent installés dans leur nouveau logement. Robinson était d'abord comme grisé par la liberté d'aller et venir qui venait de lui être rendue, il faisait des projets pour l'avenir et Mary qui venait de passer par de si dures épreuves à cause de lui cherchait à modérer ses idées ambitieuses, à le ramener à une perception plus réelle de leur situation. Elle avait causé de ses inquiétudes à Brenton, quand celui-ci se trouva seul avec eux, il amena la conversation sur la question du jour pour le couple ; vivre.

Il repoussa tous les plans du mari comme inexécutables et démontra qu'il ne devait pas compter sur ses amis de plaisir pour lui fournir de l'argent.

— Votre seule ressource, dit-il en terminant, est dans le talent de votre femme. Elle a tout ce qu'il faut pour réussir au théâtre.

Sir Horace Robinson protesta timidement pour la forme et finit par se rendre aux raisonnements de l'artiste. L'opposition vint surtout de Mary qui redoutait un échec ; mais l'amour des planches l'attirait, elle débuterait. Son mari fut enchanté, il vit dans le talent de sa femme une mine à exploiter. Il pourrait dépenser ce qu'elle gagnerait sans avoir à solliciter l'appui financier de ses anciens camarades. Brenton n'aimait pas à gaspiller le temps, dès le lendemain il présentait mistress Robinson à Thomas Shéridan, le grand artiste applaudi en Angleterre, connu et admiré de tous les lettrés parisiens qui franchissaient le détroit pour mêler leurs applaudissements à ceux des anglais. Mary tremblait en présence du comédien qui enlevait les foules et se trouvait bien petite en face de lui, ce géant qui daignait s'intéresser à elle.

Ce qui tout d'abord frappa Shéridan fut l'étonnante
beauté de la jeune femme. Il en avait souvent entendu
parler, mais ceux qui se pâmaient ainsi d'admiration
étaient des habitués de lieux de plaisirs, gens pas
difficiles malgré leurs prétentions, et voulant imposer
leurs fantaisies à la foule des badauds toujours prête
à accepter sans discussion les affirmations les plus
extravagantes. Il lui fit dire quelques rôles et cons-
tata que son talent était au niveau de ses perfections
physiques; sa modestie le charma et en se séparant
lui fixa un rendez-vous pour le surlendemain, à Drury-
Lane.

A l'heure dite elle était au foyer du théâtre où l'attendaient Shéridan, David Garrick, non moins célèbre
que Shéridan comme artiste et directeur de Drury-
Lane et Brenton. On lui fit dire les scènes principales
du rôle de *Juliette*, de la pièce de Shakespeare, *Ro-
méo et Juliette*. Brenton lui donna la réplique. Ce peu
nombreux mais illustre auditoire qui l'écoutait la
trouva parfaite, il fut décidé qu'elle débuterait dans le
rôle où elle venait de donner une si haute idée de son
talent et dès le lendemain tout Londres apprenait
que mistress Mary Robinson connue par son luxe, sa
beauté, admirée pour son dévouement à son mari prisonnier faisait partie de la troupe de David Garrick et
allait paraître sur les planches dans une pièce du
grand dramaturge national.

Au Ranelagh et au Panthéon on ne s'occupa que
de cet événement, à la cour on en causa, l'aristocratie
de la naissance, du talent et de l'argent voulut assis-

ter à cette représentation. La salle fut envahie. Le duc de Cumberland occupait une loge où il avait invité quelques favoris. Au foyer des artistes se pressaient les privilégiés qui tenaient à voir la débutante avant son entrée en scène ; à l'orchestre, des artistes et des écrivains. D'un coin de la scène où elle se dissimulait la jeune comédienne voyait ce public pressé, brillant, animé, qui attendait avec impatience son apparition ; elle eut peur. Thomas Shéridan qui ne la quittait pas, s'aperçut de son émotion et releva son courage prêt de l'abandonner.

— Vous serez applaudie, lui dit-il, ne tremblez pas.

Garrick vint et lui affirma que son succès serait très grand, comme elle émettait quelques doutes il lui dit :

— Est-ce que je vous aurais engagée si je n'avais pas eu confiance dans votre talent. Shéridan vous aime, malgré l'affection qu'il vous porte, il n'aurait jamais songé à vous donner le conseil de paraître sur les planches s'il n'était pas certain du succès. Lui, moi et Brenton sommes gens du métier, sachant ce qu'ils disent.

Ces bonnes paroles la rassurèrent un peu. Mais quand elle se trouva sur la scène, avec des milliers d'yeux qui de l'orchestre et des loges étaient fixés sur elle, que le silence remplaça le bruit des conversations, elle fut prise d'une épouvantable terreur et faillit s'évanouir. Elle réagit pourtant lorsque, comme un tonnerre, les applaudissements éclatèrent avant qu'elle eut prononcé une parole. C'était à sa beauté qu'étaient adressés ces battements de mains furieux, ces cris, ces hourras.

Elle ouvrit la bouche. Au mouvement de ses lèvres les bruits cessèrent, elle dit ses tirades avec un talent qui enleva le succès. La tête en feu, comme brisée par les bravos répétés des spectateurs, sa voix claire et nette dominait le bruit, son geste était expressif et sa physionomie mobile laissait deviner la passion contenue ou éclater la colère ou la douleur.

Au début, elle parlait un peu bas et n'osait pas lever les yeux sur le public, mais elle s'enhardit, regarda cette multitude de têtes, vit Garrick qui l'applaudissait et quand elle rentra dans sa loge, il alla la complimenter. Le duc de Cambridge lui fit porter par un de ses familiers, ses félicitations.

— Vous allez faire votre fortune et la mienne, lui dit Garrick quand ils se trouvèrent seuls avec Shéridan.

Les représentations qui suivirent furent une série de triomphes et le capitaine Ayscough dit à ses amis qu'il aurait plus de chance de prendre lui seul une forteresse d'assaut que de faire la conquête de mistress Robinson.

— Un autre la fera sans risquer sa vie, répondit sir Arthur Fitzgérald.

— Peut-être, répliqua lord Northington, mais il faudra pour cela qu'elle cesse d'aimer son mari.

— Ce qui arrivera tôt ou tard, fit lord Littelton, alors...

— Alors vous vous mettrez sur les rangs, milord ?

— C'est possible, mais je n'userai pas de violence comme quelqu'un que vous connaissez, n'est-ce pas sir Arthur?

Fitzgérald rougit et détourna la conversation.

Bientôt le bruit se répandit que l'actrice devait quitter Londres pour aller en province. A la cour et à la ville, la surprise fut grande, ce départ si imprévu était considéré comme un malheur qui frappait toute la nation. On supplia Garrick de la retenir, il répondit qu'elle était libre et ne pouvait l'empêcher de faire ce qui lui paraissait convenable. Au fond, le célèbre artiste avait lui-même conseillé ce départ qui ne devait être que momentané. Il voulait voir l'effet que produirait l'absence de la jeune femme et, si les choses allaient comme il le supposait, il la rappellerait à Londres où son retour serait suivi de succès éclatants qui contribueraient à augmenter leur fortune. Mary Robinson se mit en route pour Bristol avec son mari; Shéridan et Garrick les accompagnèrent jusqu'à la lourde et massive voiture qui les emporta loin de Londres.

L'éloignement de l'artiste ne la fit point oublier au contraire. On s'occupa d'elle, de son voyage et de ses résultats. On sut qu'à Bristol elle était acclamée, ce qui causa à quelques femmes un certain dépit. On comptait un peu sur un insuccès que déjà on avait exploité, il n'y eut plus que des éloges sur le merveilleux talent et la beauté de mistress Robinson dont on attendit avec impatience le retour. Elle manquait à Londres, et après une année d'absence son arrivée

fut annoncée comme un événement de haute importance. Elle rentra à Drury Lane, on se disputa pour
pouvoir l'applaudir, et quand on sut que les souverains assisteraient à une représentation avec toute
la cour, qu'ils avaient ordonné que la pièce où paraîtrait l'artiste fut le *Conte d'une nuit d'hiver* et
qu'ils désiraient que le rôle de Perdita lui fut attribué,
la fièvre atteignit Londres mondain, chacun employa
ses relations pour obtenir la moindre place afin de
pouvoir se montrer avec les plus grands noms de
l'aristocratie nationale.

IV

A l'époque où se passent les événements qui nous
occupent, la cour d'Angleterre avait gardé tous les
vices français de Louis XV et de son entourage, en y
ajoutant la grossièreté ordurière qui était la marque
de la noblesse et de la bourgeoisie britanniques
cherchant à l'imiter.

On ne se grisait pas on se saoûlait, on ne parlait
pas à tort et à travers sur des sujets légers dans un
langage qui respectait les convenances, on parlait
comme des ouvriers des ports, on ne choisissait pas
parmi les débauchées, des femmes remarquables par
leur beauté, leur élégance, leur esprit souvent, leur
instruction quelquefois, mais des maîtresses que l'on
rencontrait dans les rues, cherchant des aventures
et parlant aux hommes à demi-ivres quand elles-

mêmes l'étaient souvent tout à fait. L'avènement de
Louis XVI avait mis fin aux déportements de la cour
de France; ce changement n'avait influé en rien sur
les mœurs de l'aristocratie londonnienne qui continuait de s'amuser à sa façon.

La résistance de Mary Robinson aux hommes qui
avaient tenté sa séduction était pour beaucoup dans son
succès. On avait voulu d'abord voir la femme qui s'était
montrée intraitable quand tant d'autres qui valaient
mieux qu'elle comme fortune eussent cédé avec
joie en de semblables circonstances, puis cette curiosité satisfaite, le talent de l'artiste avait fait le reste.

Le prince de Galles qui était le chef de toute cette
jeunesse dépravée et lui donnait l'exemple de toutes
les turpitudes avait ri d'abord des prétentions de la
jeune femme, de rester pure dans un milieu corrompu; puis il s'était piqué au jeu, se disant que, où
tant d'autres avaient échoué piteusement, il rempor-
terait une victoire éclatante. C'était donc sur son
désir formellement manifesté au roi et à la reine, que
ceux-ci avaient commandé le spectacle.

Mistress Robinson avait hésité quand on lui signi-
fia le désir, ou plutôt la volonté des souverains
qu'elle jouerait le rôle de Perdita; Garrick dut insister
et lui expliquer qu'un refus serait la ruine de son
théâtre; elle céda.

Le jour de la représentation, quelques instants
avant d'entrer en scène, les artistes dissimulés derrière le rideau regardaient la salle et se nommaient
les illustres spectateurs.

— Diable, dit le comédien qui remplissait le rôle de Léonce, si cela continue nous allons jouer devant un auditoire de rois et de princes.

— Cela vous fait plaisir, Smith? demanda Mary.

— Très grand plaisir. Voyez donc dans cette loge Leurs Majestés, le roi Georges III et la reine, avec aides de camp et dames d'honneur, ce qui forme un groupe tout étincelant de broderies, de diamants, de blanches épaules, de physionomies charmantes, souciantes et gaies. Tout ce monde s'est dérangé pour nous.

— Vaniteux!

— Tant que vous voudrez, mistress Robinson. Tenez, dans cette autre loge, le duc de Cambridge et sa suite. Le duc est un de vos admirateurs.

— Il est bon et tient à plaire.

— Ah! à côté de lui, un évêque.

Mary regarda le nouvel arrivant:

— Un évêque, dit-elle, alors il est bien déguisé, le costume militaire qu'il porte lui sied admirablement. Où est situé son évêché?

— Pas en Angleterre, en Allemagne, au duché de Hanovre dont notre gracieux souverain est le chef, avec le titre d'électeur du Saint Empire. Car vous devez le savoir, c'est la famille de Hanovre qui occupe le trône britannique.

— Oui, mais je vous avoue que ce détail m'intéresse peu.

— Et moi pas du tout; cependant il y a des choses que l'on est obligé de connaître, sous peine de passer pour ignorant. Donc cet évêque qui est en même temps militaire, car il est brave et s'est admirablement conduit sur certains champs de bataille, est Son Altesse Royale le duc d'York, frère cadet de l'héritier du trône et prince-évêque d'Osnabrück.

— Il ferait mieux d'être militaire seulement.

— Comme vous avez l'imagination courte, mistress Robinson quand il s'agit d'autres choses que celles du théâtre. Monseigneur le duc d'York occupe une haute situation dans l'armée et, naturellement, un beau traitement est attaché à ce poste. Il n'a aucun goût pour la théologie, à laquelle il n'entend rien, il n'a jamais fait de sermons et se contente quand il se rend dans sa ville épiscopale, d'habiter son palais, de donner des banquets plantureux et d'empocher les revenus très importants de l'évêché, qu'il dépense à Londres. Il a à Osnabrück des prêtres qu'il paye pour prier et bénir à sa place.

— Vous connaissez beaucoup de choses, Smith.

— Parce que j'ai beaucoup vu, mistress. Ah, il se fait un mouvement dans la salle, c'est lord Malden qui paraît dans la loge du prince de Galles.

— Alors nous allons jouer devant toute la famille royale ?

— Il n'y manquera que les princes et princesses ne connaissant encore d'autre boisson que le lait de leurs nourrices. Tout le monde se lève, se découvre et s'incline respectueusement, c'est l'héritier du trône qui fait son entrée.

Le prince s'avança sur le devant de la loge, salua

en souriant le public puis jeta un regard circulaire
sur cette foule qui l'acclamait.

La représentation allait commencer, le silence
s'établit dans la salle, les acteurs étaient à leurs pos-
tes : Smith regardant Mary très émue lui dit :

— Par Jupiter, mistress Robinson, vous êtes plus
belle que jamais, vous allez certainement faire ce
soir la conquête de son altesse royale.

La pièce eut un grand succès, les artistes furent
applaudis, Mary surtout, à qui l'on donnait familièrement le nom de son personnage, Perdita. Le prince
de Galles ne la quittait pas des yeux et comme sa
loge était tout près de la scène elle l'entendit faire
son éloge à son entourage, et les courtisans d'exa-
gérer encore les phrases louangeuses du maître. Il
faut tout prévoir, en ce monde et si Perdita devenait
un jour ou l'autre, la maîtresse du prince, sa protection ne serait point à dédaigner.

A la fin du dernier acte, avant la chute du rideau,
la famille royale adressa un salut aux artistes, flattés
d'une telle faveur et, au moment où le rideau tombait, Mary, comme attirée par une force invincible
tourna son regard du côté du prince de Galles, qui,
lui-même, avait les yeux fixés sur elle. Gracieuse-
ment, il inclina la tête, sur ses lèvres apparut un sourire, la jeune femme rougit, baissa la tête et se retira
avec ses camarades, comme elle fatigués et heureux.
Ils allaient s'asseoir, lorsque les souverains et leur
suite qui avaient quitté leurs loges, parurent à une
extrémité de la scène qu'ils traversèrent lentement,

au milieu des acteurs debout. Cette fois le futur roi au lieu d'un simple mouvement de tête fit un grand salut à Perdita, confuse.

Quand les comédiens se trouvèrent seuls ils causèrent de la représentation où ils venaient de briller tous et les allusions ne furent point ménagées à Mary à propos du prince. Smith l'attira dans un coin et lui dit :

— Je vous ai annoncé que vous feriez ce soir la conquête de son Altesse Royale, je ne me suis pas trompé.

— Son Altesse a été charmante pour tout le monde monsieur Smith, et n'a point fait d'exception en ma faveur, répondit-elle.

— Allons donc ! Si vous ne vous en êtes pas aperçue, d'autres l'ont vu et cela les contrarie.

— En ce moment le prince nous a déjà tous oubliés. Sa politesse, ses sourires, cela fait partie du métier de roi ou de ceux que leur naissance destine à occuper ce poste.

— Vous verrez que vous vous trompez, Mary.

L'émotion finit par se calmer chez les artistes de Drury Lane, le lendemain on parla à peine des souverains, le surlendemain on n'y pensait plus lorsque cinq ou six jours après, au moment de la représentation, le secrétaire du prince de Galles, lord Malden, fit demander mistress Robinson. Elle venait de quitter la scène et se reposait, assise sur une chaise de paille. Elle se leva pour recevoir ce visiteur inattendu dont elle ignorait même le nom. Il lui fit des

compliments sur son talent et sa beauté qui avaient
été fort remarqués par son Altesse. Elle l'écoutait
un peu surprise de la longueur de ses phrases, se demandant s'il allait continuer durant des heures ce
défilé de mots répétant sans cesse les mêmes
idées.

A la fin pourtant, ce moulin à paroles s'arrêta, fatigué et d'un geste timide, hésitant, présenta une
lettre à Mary, qui la lut ; elle était signée Flouzel.

— Mais je ne connais personne de ce nom, dit-elle,
c'est une erreur sans doute.

— Non, celui qui vous écrit vous connait...

— Sans doute, puisque c'est presque une déclara-
tion, moi je ne l'ai jamais vu.

— Si, madame.

Elle rougit.

— Alors dites-moi le véritable nom.

— C'est son Altesse Royale.

Elle s'en était bien doutée, tout d'abord elle crut à
une plaisanterie de mauvais goût de la part de quelques gentilshommes de la maison du prince. Lord
Malden se retira sans être arrivé à la convaincre.
Rentrée chez elle, elle lut et relut la missive et finit
par s'endormir sur cette idée qu'on avait voulu faire
sur sa vanité une expérience dont elle serait la victime un peu ridicule.

Le lendemain, lord Malden revint au théâtre, la vit
et lui parla du prince, de ses manières distinguées,
de son esprit, de sa bonté. Le soir suivant il reparut
porteur d'une lettre de son maître où celui-ci se disait

le plus malheureux des hommes et la suppliait de se rendre le soir à un concert où il se trouverait.

Lord Malden se montra éloquent, persuasif, fit de Georges, un portrait des plus flatteurs. La jeune femme l'écoutait, fermant à demi les yeux et songeant à l'illustre personnage qui, jeune, beau, spirituel, se livrait à elle, si ce qu'il lui avait écrit était vraiment l'expression de sa pensée, et si l'envoyé la traduisait exactement. Elle finit par promettre qu'elle se rendrait à cette soirée où elle se fit accompagner par son mari, qui eut préféré être libre, ayant l'intention d'aller rejoindre quelques amis pour se griser.

Elle aperçut le prince assis, tenant à la main un programme du spectacle qu'il affectait de lire. Il suspendit sa lecture pour regarder la salle, son regard rencontra celui de la jeune femme qui rougit.

Il lui faisait des signes de la main qu'il appuyait sur le rebord de la loge et adressait la parole à son voisin, qui était l'évêque d'Osnabrück, son frère, qui avait l'air de l'écouter avec attention et tenait toujours les yeux fixés sur la jeune femme très émue par la curiosité dont elle était l'objet. Le public finit par remarquer le manège de l'héritier du trône et s'en amusa. Le lendemain le bruit courait dans Londres qu'il était amoureux fou de l'actrice et dans une brochure ou un auteur anonyme racontait la pièce il faisait en même temps une allusion très claire à la mimique princière et terminait l'article par ces vers :

Absorbé par la beauté
Qui causait son souci,
Et soupirait, et regardait, et soupirait encore,

Chaque jour elle reçut la visite de lord Malden, qui lui remettait une longue lettre toute remplie d'amoureuses protestations où le signataire sollicitait un rendez-vous jamais accordé. Après un mois de cet exercice épistolaire le prince était devenu agité, fiévreux, ne dormant plus, faisant à son entourage l'existence dure.

— Est-ce qu'elle aimerait sérieusement son mari, dit-il un jour à son confident.

— Cela m'étonnerait, Monseigneur. Qu'elle l'ait aimé, c'est certain, elle l'a prouvé lorsqu'il fut mis en prison pour dettes. Mais aujourd'hui le fait ne me semble pas possible.

— Pour quel motif?

— Pour la raison que l'honorable sir Horace Robinson vit avec des drôlesses et dépense en leur aimable société l'argent que gagne sa femme.

— Elle doit être jalouse, si elle connait cette existence?

— Certainement elle la connait. D'abord sir Horace ne se cache pas, affecte au contraire de se montrer avec ses conquêtes d'un jour dans tous les lieux de plaisir; puis les amoureux de Perdita, et ils sont nombreux sans compter votre Altesse, lui écrivent les moindres détails de l'existence de Robinson, espérant la dégoûter de lui et l'attirer à eux.

— Ce calcul a peut-être réussi pour l'un ou l'autre de ces soupirants.

— Non, Monseigneur, Perdita n'aime plus son mari, mais jusqu'à présent, personne ne l'a remplacé dans son affection, son cœur est libre.

— Ce langage me rassure, mylord, et me permet d'espérer.

— Et l'espoir de Votre Altesse se réalisera, n'en doutez pas.

— C'est égal, je crains qu'un autre, plus heureux, plus séduisant ou plus habile, n'enlève la place. Mais d'où vient cette femme aux si sévères principes ? La connait-on dans le monde où elle est si adulée ?

— On ne la connait qu'à partir du jour où elle parut à Covent Garden en compagnie de son mari. Avant on ne sait rien de sa vie.

— Il faudrait tacher de savoir.

— C'est fait, Monseigneur.

— Quoi, vous êtes renseigné ?

— Complètement et sûrement.

— Vous ne m'avez jamais parlé de cela ?

— J'attendais que vous me fissiez l'honneur de m'interroger sur ce sujet. Mais vous voyez que j'y avais songé et m'en étais occupé.

— Vous êtes un ami dévoué, Malden. J'attends votre confidence.

— Voici, Monseigneur. Perdita est née dans la nuit du 27 au 28 novembre 1758, dans une maison qui avait fait partie d'un ancien couvent supprimé sous

Henri VIII. L'église de ce couvent avait été conservée et consacrée au culte anglican.

Il faisait, cette nuit là une tempête affreuse, le vent
soufflait avec des bruits sinistres, la pluie tombait
avec violence on se serait cru à la fin du monde, paraît-il. Les cris de la mère, les vagissements de l'enfant ne s'entendaient pas, mêlés aux mugissements
de la tempête.

— Comment connaissez-vous ce détail ?

— C'est Perdita qui l'a écrit à Garrick qui m'a
communiqué la lettre. Donc Perdita, ou Mary Davy,
de son nom véritable, fut élevée et grandit dans cet
ancien domaine religieux, situé près de Bristol et
quand avaient lieu des cérémonies dans l'église, elle
se glissait toute enfant, sous le grand pupitre de l'orgue que dominait un aigle de cuivre aux ailes éployées
et de sa retraite, écoutait les bruits harmonieux de
l'instrument accompagnant les chants du chœur.

Ses parents étaient riches alors, son père, irlandais qui avait fait en Amérique une fortune assez
grande, était un des négociants les plus en vue de
Bristol. L'appartement qu'ils occupaient dans l'ancien
monastère était vaste et tout y sentait l'aisance. Mais
la mère était une pauvre créature, sans volonté et
sans énergie. La petite Mary fréquenta l'école principale de la ville où les riches bourgeois faisaient instruire leurs filles. Parmi ses compagnes se trouvait
une enfant de miss Pritchard, une artiste qui était
célèbre alors et dont le nom n'est point oublié. C'est
avec miss Pritchard qu'elle prit le goût du théâtre.

Son père, appuyé par lord Chatham, alors premier ministre, retourna en Amérique, y créa des établissements que détruisirent les indiens et fut complètement ruiné. Mistress Davy qui n'avait pas voulu l'accompagner, se trouvant presque sans ressources ouvrit à Chelsea une petite école qui lui permit de vivre honorablement. Un beau jour, Davy revint sans être attendu ayant en partie reconstitué sa fortune, et se montra très mécontent de la situation modeste que s'était créée sa femme. Pour lui, c'était déchoir.

Il franchit de nouveau l'Océan après avoir donné à mistress Davy le conseil de bien surveiller leur fille qui avait dépassé quatorze ans et en paraissait dix-huit, disant que si elle compromettait le nom de son père, il les tuerait toutes les deux.

Mary avait reçu les leçons de maîtres distingués, son instruction était très grande et son éducation parfaite. Son professeur de danse fut frappé de son talent pour la récitation et lui parla d'entrer au théâtre, lui jurant qu'elle y ferait un chemin des plus brillants. Elle fut enchantée de cette offre et le maître de danse la présenta à Garrick qui dirigeait alors Adelphi-Théâtre.

— Voilà interrompit le prince, comment Garrick l'a connue.

— Oui, Monseigneur, il y a dix ans de cela. Elle passa dans la maison du célèbre artiste une journée qui fut employée à lui faire réciter plusieurs scènes en présence de quelques-uns de ses premiers pensionnaires qui furent émerveillés. On lui fit apprendre le

rôle de Cardélia de la pièce de Garrick; *Lear*, qui
convenait parfaitement à sa grande jeunesse. Elle ne
parut pas sur le théâtre, continua d'étudier et Garrick
ne lui ménageait pas les conseils. Elle possédait une
voix si bien timbrée, si harmonieuse que le grand
tragédien dansant un menuet avec elle la suppliait de
lui chanter les ballades en vogue.

— Et avec tous ces talents elle n'entra point au
théâtre? demanda le prince de Galles.

— Il y avait d'abord sa grande jeunesse, mais on
eut passé ce détail si un événement imprévu n'avait
brusquement, non pas rompu, mais suspendu les projets où se complaisaient la jeune fille et son protec-
teur.

Un voisin jeune, hardi, s'éprit d'elle, la poursui-
vit de ses déclarations et lui proposa le mariage. Il
se disait riche, appartenant à une famille honorable,
il fut agréé par la mère et subi par Mary qui ne voulait point l'épouser. Malgré elle, le mariage eut lieu
et Mary Davy devint mistress Robinson. La cérémo-
nie eut lieu dans l'intimité la plus stricte, Robinson
n'ayant plus disait-il ses parents, il ne lui restait
qu'un oncle fort riche, mais d'un caractère très difficile, dont il devait hériter. Avant le mariage il avait
été convenu que l'on irait visiter l'oncle Harris au
pays de Galles, où il possédait d'importants domai-
nes; mais le jeune mari chercha à éluder les pro-
messes du fiancé et traîna les choses en longueur.
Mistress Davy se fâcha, ses amis lui conseillèrent
d'insister pour que sa fille fut présentée à cet illustre

parent, Horace Robinson dut, bien malgré lui, tenir sa promesse.

On se mit en route pour Trevecca, qu'habitait l'oncle Harris, qui reçut les jeunes gens d'un air assez maussade. Il portait un vêtement de futaine blanc, un gilet écarlate orné d'une légère broderie d'or, un chapeau avec un lacet également en or ; des guêtres de laine enserraient ses mollets puissants. M. Harris avait une fille de vingt ans, à l'air vulgaire, solennel, laide et aussi peu aimable que son père. Un intendant hargneux complétait cette famille. Le père toujours absent, parcourait le pays monté sur un poney brun, il ne rentrait qu'aux heures des repas, buvait beaucoup d'ale et forçait son entourage d'en boire. Le « squire » on donnait ce titre à M. Harris, était peu dévot, mais il fréquentait assidûment l'église et le séminaire méthodistes que lady Hunthington avait fait construire à Travecca, il se fit accompagner dans ses visites par sa nièce, qu'il avait fini par prendre en affection, et qui, elle-même appartient à la secte méthodiste.

Mistress Robinson apprit que l'oncle était le père de son mari, elle comprit la froideur de miss Harris qui voyait en elle une concurrente à l'héritage paternel. Au bout de trois semaines les jeunes mariés quittèrent la maison peu hospitalière à la grande joie de l'intendant et de la désagréable belle-sœur qui avait vu avec rage, son père se prendre d'une réelle affection pour Mary.

Robinson enchanté crut que grâce à sa femme il

aurait une large part de la succession, il vint à Londres où il afficha ce luxe qui attira sur lui l'attention des badauds, mais le conduisit en prison. Voilà, Monseigneur, résumée, l'existence de Mary Davy. Artiste dramatique de grande valeur, chantant admirablement, jouant de la harpe avec beaucoup de goût, instruite, belle, distinguée, elle n'est pas sortie brusquement de la foule avec toutes ces qualités brillantes, comme Minerve sortit toute armée du cerveau de Jupiter; son instruction, son éducation furent commencées dès son enfance, le terrain était merveilleusement préparé et vous voyez le résultat.

— Splendide, mylord, dit le prince, les professeurs de mistress Robinson on fait de leur élève un véritable chef-d'œuvre. Ma passion pour elle s'est accrue pendant la durée de votre récit. Alors elle n'aime personne?

— Personne, pas même son mari.

— Croyez-vous qu'il soit jaloux?

— Cela m'étonnerait, à voir sa façon de se conduire. Il a de très grands besoins d'argent, il sacrifierait sans scrupules sa femme et ne se fâcherait que si elle s'amourachait d'un jeune homme sans fortune.

— Il faudrait se débarrasser de cet être encombrant.

— Ce sera impossible, Monseigneur.

— Mary pourrait divorcer.

— Il est vrai que les prétextes ne lui manqueraient pas pour demander une séparation, mais lui, refusera toutes les propositions de ce genre. Il y perdrait trop.

— En lui donnant une compensation ?

— Ce serait un moyen, mais le gaillard est rusé et voit les choses de loin.

— Ce qui veut dire ?

— Qu'il ne se contenterait pas d'une somme une fois donnée.

— Pourquoi, si cette somme est importante ?

— Parce qu'il se connait, sait qu'entre ses mains l'or fond comme dans un creuset et que ce capital, bientôt dévoré, il ne lui resterait plus rien, sinon la misère profonde.

— Alors il exigerait ?

Une pension viagère, Monseigneur, qui le mettrait pour toute sa vie à son aise.

— Sans doute ce calculateur serait exigeant ?

— Je n'en doute pas.

Le prince qui était très avare, il le fut jusqu'à la fin de son existence, fit un geste tout à la fois de dépit et de colère.

— Que le diable emporte cet animal ! s'écria-t-il.

— Si votre vœu était exaucé les choses iraient seules, mais le diable n'a point à se presser avec Robinson, c'est un client qui ne lui échappera pas, il attendra.

Il y eut un silence, puis le prince après avoir réfléchi dit :

— Vois quand même ce Robinson, Malden, fais lui des propositions, sois éloquent, insinuant, séduis-le, il faut absolument qu'il disparaisse.

— Je tenterai l'aventure pour être agréable à votre
Altesse, mais la confiance me manque.

Il ne faut jamais désespérer, mon ami.

V

Certain de n'avoir point de rival dans les pensées
de mistress Robinson, le prince lui adressa, en même
temps qu'une lettre, son portrait en miniature ren-
fermé dans une boîte élégante et, sur le portrait un
petit cœur découpé en papier où, sur un côté il avait
écrit : « Je ne change qu'en mourant, et, sur l'autre
« Immuable à ma Perdita pour la vie. »

Lord Malden continuait à lui apporter chaque jour
des déclarations brûlantes, elle ne cédait pas, cependant elle portait toujours sur elle le portrait de l'héritier de la couronne et son souvenir ne la quittait pas.
Le noble entremetteur lui déclara un jour que son
maître, désespéré, ne parlait plus à personne, devenait triste, maigrissait et ne tarderait pas à s'aliter
si elle continuait à lui refuser une entrevue.

Elle s'attendrissait aux récits de Malden qui, suivant qu'il gagnait du terrain devenait de plus en
plus pressant. Elle voulut faire encore un effort pour
échapper à son tentateur.

Son mari la négligeait et dépensait gaîment avec
d'autres femmes l'argent qu'elle gagnait au théâtre.
Une dernière fois elle essaya de le ramener en lui faisant des observations sur sa conduite :

— Tout ce que je fais est dans votre intérêt, Mary, lui répondit-il et vous donne de l'importance.

— Il n'est point nécessaire de vous afficher dans la compagnie de femmes de conduite mauvaise.

— Voyons, chère amie, vous ne voudriez pas que ce fut avec vous que je me montre au Panthéon et au Ranelagh. Cela me rendrait ridicule.

— Vous pourriez m'accompagner au théâtre.

— Etre toujours auprès de vous, comme un mari jaloux? Non Mary, j'ai confiance en votre sagesse et suis certain que vous ne compromettrez pas le nom que vous portez.

— Vous me chargez de ce soin. Prenez garde !

— Une menace ?

— Non, un simple avertissement.

— Vous voulez m'éprouver, Mary, me faire peur, mais j'ai en vous la plus entière confiance. Ne parlons plus de cela, c'est la vie courante que nous ne pouvons changer.

— Et si je vous refusais l'argent que vous employez à vos débauches?

— La misère où je me verrais réduit aurait pour vous un résultat mauvais.

— Pourquoi donc ?

— Parce que ceux qui vous admirent vous critiqueraient, vos adorateurs, vous en avez, vous abandonneraient.

— Quoi vous fait supposer que j'ai des adorateurs ?

— Votre beauté éclatante, votre talent, votre esprit font certainement de vous la plus désirée des femmes.

— Et cette beauté, ce talent, cet esprit vous appartiennent, sont votre chose et vous les dédaignez.

— Ah, Mary, si vous n'étiez pas ma femme, j'agirais autrement, je serais le plus ardent parmi vos soupirants, je ne vous quitterais pas plus que votre ombre; je chercherais à deviner vos moindres désirs pour les satisfaire au prix des plus grands sacrifices; mais, votre mari, je serais ridicule je vous le répète.

— Alors on est ridicule lorsqu'on défend un trésor que chacun veut vous enlever.

— Ce trésor, Mary, peut se défendre lui-même et tenir à distance les audacieux qui le convoitent.

— Eh bien, mon pauvre Horace, ma défense est à bout. Je ne vous le dissimule pas.

— Une plaisanterie.

— Entendez-le comme il vous plaira, mais je suis fatiguée de me livrer à un travail acharné pour la satisfaction de vos fantaisies répugnantes. Je ne veux plus rentrer à pied chez nous quand je vous rencontre en carrosse ou accompagné de filles, ou que je vous sais dans un endroit de plaisir en train de vous griser dans leur société. Méfiez-vous, cet argent que vous dépensez si facilement pourrait bien vous manquer un jour.

— Mary, vous n'y songez pas! fit-il un peu épouvanté.

— Il y a longtemps que j'y pense, que je lutte, à cet instant je demande votre protection et vous dites: « faites ce que vous voudrez, vous êtes libre. » J'userai de ma liberté.

Il eut un frisson en entendant cette menace dite d'une voix dure, tranchante qui n'admettait pas de réplique. Mais la première minute de surprise passée sa confiance en sa femme, un instant ébranlée, reparut plus vive.

— Vous voulez me faire peur, lui dit-il, mais je connais vos principes, vous n'en dévierez pas. Je vous quitte car je suis attendu hors de Londres où je dois rencontrer des amis.

— Allez, sir Horace, je ne vous retiens pas.

Elle lui tourne le dos, le laissant partir sans lui tendre la main.

— Vous ne m'en voulez pas, lui demanda-t-il.

— Non, pourquoi vous en voudrai-je; ne sommes-nous plus l'un pour l'autre à partir de cette minute même, des étrangers qui se sont par hasard rencontrés dans une auberge et se séparent sans regrets après quelques journées passées ensemble.

— Vous ne dites pas ce que vous pensez, Mary.

Hâtez-vous, ne faites point se morfondre ceux et celles qui vous attendent.

Robinson se retira fort contrarié. Il aurait voulu rester auprès de sa femme, se montrer aimable, empressé, mais le plaisir l'emporta, il partit.

— Il a hésité, se dit-elle, ce n'est ni l'affection, ni la jalousie qui ont failli l'arrêter mais la crainte de la misère. A présent, je suis libre.

Sir Horace fit préparer son cheval et se mit en route pour Hampton-Court où était son rendez-vous. Mais ce jour-là il devait subir tous les retards. Après

s'être délivré de mistress Robinson, il croyait
pouvoir arriver, en se pressant beaucoup, à l'heure
fixée. Il venait à peine de sortir de Londres qu'il
aperçut un groupe de cavaliers barrant la route et
marchant au pas. Il cria vainement de laisser libre le
chemin, on ne répondit pas à ses cris ni à ses menaces.
Quand il se fut approché de ces promeneurs il reconnut parmi eux lord Malden; la vue du favori figea
sur ses lèvres les sottises qu'il se disposait à leur dire
s'ils eussent été, comme il l'avait cru tout d'abord
de simples bourgeois. Il arrêta tout court sa monture
et porta la main à son chapeau, s'apprêtant à s'excu-
ser de le déranger ainsi que ses compagnons. Malden
coupa la phrase commencée et lui dit :

— Je bénis le hasard qui amène notre rencontre,
sir Horace.

— Heureux moi-même mylord, de vous voir pour
vous présenter mes hommages et ceux de ma femme
que j'ai quittée il y a un quart d'heure.

— Pour aller à un de ces rendez-vous galants où
vous brillez par la gaité et l'entrain.

— Oh, mylord, vous me flattez, je vais en effet à
un rendez-vous mais pas du genre que vous supposez.
Il s'agit d'affaires sérieuses.

— Eh bien puisqu'il s'agit d'affaires sérieuses nous
allons, pendant quelques minutes, causer sérieusement et ensuite je vous rendrai la liberté.

— A vos ordres, mylord, dit Robinson tout déconfit
de constater qu'il allait arriver en retard et que ses
amis, impatientés de l'attendre, seraient partis.

Ils s'éloignèrent un peu des autres cavaliers et lord Malden, sans périphrases, commença d'expliquer ce qui lui tenait au cœur.

— Mistress Robinson croît chaque jour en beauté, en talent, elle a subjugué la cour et la ville. Toutes les femmes en sont jalouses et tous les hommes en sont amoureux, vous ne l'ignorez pas.

— Je connais ces détails, mylord.

— Dans ce monde brillant de tous ceux qui aspirent à se faire remarquer de mistress Robinson il y a un soupirant qui exclut tous les autres par l'esprit, la distinction et la naissance ; vous devinez sans effort de qui je veux parler.

— De son Altesse Royale le prince Georges de Galles, certainement.

— Oui, mon Maître est amoureux à en perdre le jugement.

— Qu'il se soigne.

— C'est bientôt dit, mais le seul remède serait que la divine créature qui l'a ensorcelé ait pitié de sa souffrance.

— A cela je ne peux rien.

— Si, jouons franchement chacun notre jeu, pas de finasseries qui nous feraient perdre un temps inutile. Vous êtes tout disposé à devenir un mari complaisant.

— Mylord, vous m'insultez !

— Non, vous avez une femme charmante ; belle comme on en voit rarement, instruite sans pédanterie, musicienne consommée, artiste de génie et poète

de valeur. Elle vous a épousé sans vous aimer et pourtant elle s'est montrée fidèle, dévouée pour vous
jusqu'à subir la misère. Lui avez-vous montré un peu
de reconnaissance de tant de dévouement ? la réponse
à cette question est facile.

— Ma conduite ne regarde personne, mylord !

— Pardon ne le prenez pas d'aussi haut. Maître de
ce trésor vous l'avez dédaigné, né vous en servant
que pour l'exploiter, dépensant l'or qu'elle vous ap-
portait avec des créatures ignobles.

— Est-ce une leçon que vous me donnez, mylord ?

— Non, parce que je ne suis pas professeur, surtout de morale, et si je l'étais je choisirais mieux mes
élèves. Je m'adresse donc à un mari parfaitement
corrompu, assez méprisable pour qu'on puisse lui
proposer, sans qu'il s'en indigne, de l'argent, le prix
de sa complaisance, de son indifférence envers sa
femme dans les relations qu'elle pourrait avoir.

Robinson essaya de protester.

— Laissez-moi continuer ce que j'ai à vous dire,
continua lord Malden imperturbable, vous êtes pressé,
je ne veux point vous retarder trop. Quelle somme
exigeriez-vous pour vivre séparé complètement de
votre femme, je suis net et vais droit au but.

— Mon honneur n'a pas de prix, monsieur le comte
s'écria sir Horace.

— Il est vrai que n'existant pas il n'a aucune valeur
et, par conséquent pas de prix, mais alors à combien
estimez-vous cette non-valeur.

— Mylord permettez-moi de vous quitter, je ne

saurait plus longtemps entendre un langage qui
n'est autre qu'une série d'insultes. Adieu.

— Allez, mon ami, bon voyage et songez à ma
proposition que vous avez très grand tort de ne pas
vouloir discuter en ce moment.

Robinson partit au galop, son tentateur le regardait s'éloigner et bientôt le vit disparaître derrière
quelques arbres bordant la chaussée. Il pensait à ce
qu'il venait d'entendre, ce qui le rendait fort perplexe.
Il était assez intelligent pour apprécier toute la faus-
seté de sa position et ne point se faire d'illusion sur
le genre de considération que l'on avait pour lui.
Mais jusqu'alors, sa femme n'avait pas eu d'amant,
il vivait à ses dépens, c'est vrai, mais enfin ce gain
avait une origine avouable. Lui, convenait qu'il me-
nait une existence vile, son sens moral n'était pas
oblitéré au point de l'empêcher de connaître ses défauts, il regimba pourtant à l'idée de Malden. Son
indignation ne dura pas. Il se dit que sa femme
l'avait averti une heure auparavant, que le favori du
prince, rencontré par hasard, lui avait brutalement
expliqué ce qu'on désirait qu'il fît; peut-être y avait-
il entente entre Mary et son séducteur, elle voulant au moins que son mari fut prévenu et qu'en
changeant de conduite, il garderait sa femme. Pour
cela il devrait rompre avec ses amis, avec les femmes
faciles, boire et manger seul ou en compagnie de
personnages sérieux et ennuyeux. C'était trop pour
lui. Il décida de laisser faire le hasard et d'attendre,
sans trop de soucis, les événements. Le comte Malden

le reverrait certainement, alors on pourrait s'entendre. Sa gaité revint et quand il retrouva ses amis qui l'attendaient avec impatience et déjà même désespéraient, il se montra si entraînant, buveur si intrépide qu'il fut porté en triomphe par ses compagnons enthousiasmés.

Perdita l'avait prévenu ; elle finit par céder enfin aux prières du prince, aux sollicitations de lord Malden et accepta un rendez-vous à Kew, résidence royale à l'ouest de Londres. Kew, dans le comté Sussex à dix milles de la capitale, sur la rive droite de la Tamise, était un simple hameau, isolé au milieu d'une campagne charmante, où la fantaisie du père de l'amoureux de Perdita avait créé une véritable merveille qui faisait à juste titre, l'admiration des habitants de la cité qui, le dimanche, s'y rendaient en voiture, à cheval ou sur des barques qui remontaient le cours lent du fleuve dont le lit étroit découpait de son sillon d'argent les maisons, les jardins dont les arbres vigoureux arrondissaient leurs branches au-dessus de l'eau limpide.

En compagnie de lord Malden elle quitta le faubourg où ils s'étaient donné rendez-vous, et montèrent dans un carrosse attelé de deux robustes chevaux qui, en un très court espace de temps les transportèrent à Brendfort, près de Kew. Une barque les attendait sans doute, car au bruit de l'équipage un homme assis sur la berge, fumant sa pipe, se retourna d'un air placide et, sans se presser, se mit sur ses jambes, rangea son batelet le long de la rive, et les regarda. Perdita était, des pieds à la tête, enveloppée dans un ample manteau noir, d'étoffe légère, son compagnon ressemblait par sa tenue, à un modeste bourgeois. Quand ils se trouvèrent en face du paysan :

— Tu es prêt ? lui demanda Malden.

— Oui, votre Grâce.

— Conduis-nous.

L'homme maintint d'une main vigoureuse la frêle embarcation pendant que ses deux clients s'installaient, et en quelques coups de rames il les transporta dans une petite île formant comme un bouquet de verdure entouré par l'eau courante. Ils débarquèrent sans encombre. Le maître de la barque reprit ses avirons et regagna la rive comme s'il exécutait un ordre reçu d'avance.

A quelques pas du couple, disparaissant sous le feuillage, se dressait une petite maison basse, à façade de briques percée d'étroites fenêtres, entourée d'un jardinet. Malden et Perdita entrèrent dans cette maisonnette qui paraissait inhabitée, mais dans la première pièce ils aperçurent un homme assis près du feu, surveillant la cuisson d'un morceau de viande. Il se leva au bruit de la porte se refermant et le bonnet à la main, le sourire aux lèvres, demanda à ses visiteurs ce qu'ils désiraient :

— Souper rapidement, répondit lord Malden, nous sommes pressés.

— Comme tous ceux qui accompagnent son Altesse Royale quand ils me font l'honneur de venir manger ou se désaltérer dans mon humble auberge, dit le bonhomme.

Sur une table en bois furent mis deux couverts, le morceau de bœuf qui cuisait fut enlevé à demi saignant et servi sur un grand plat de terre. Une cruche de bière, remplie jusqu'au bord et deux lourds gobelets en étain complétèrent le service. Mistress Robinson mangea fort peu, et mouilla simplement ses lèvres à la boisson mousseuse ; mais son compagnon, heureux de l'avoir enfin amenée à son maître, but et mangea pour deux.

La nuit était tombée, les oiseaux réfugiés dans les arbres se querellaient encore en cherchant les branches où ils voulaient passer la nuit, le ciel d'un bleu sombre était faiblement éclairé par les étoiles qui semblaient à demi éteintes et un mince croissant de lune montrait ses cornes à l'horizon embrumé. Malden et Perdita se rembarquèrent, ils se rendaient au château où ils étaient impatiemment attendus. Elle frissonna :

— Vous avez froid, Madame ? lui demanda son conducteur.

— Non, Mylord, j'ai peur, répondit-elle.

— Le bonheur que l'on va posséder cause autant d'émotion que le danger dont on se sent menacé. Dans quelques minutes vous aurez à vos pieds le prince le plus distingué, le plus spirituel et le plus amoureux qui existe, que de femmes voudraient être à votre place.

La nacelle s'arrêta auprès d'un emplacement ga-

zonné, pareil à un large chemin taillé dans la berge
et montant par une pente douce à l'entrée d'une
avenue dont les arbres apparaissaient immobiles à
quelques pas. Lord Malden aida sa compagne à quitter le bateau, ils marchèrent lentement sur le gazon
moelleux jusqu'au large chemin qui s'étendait jusqu'à l'entrée du château dont on apercevait la masse
sombre à l'extrémité de l'avenue qui semblait déserte, lorsque deux hommes, dissimulés dans l'ombre
épaisse des arbres s'avancèrent au milieu de la
chaussée et se dirigèrent vers la rivière. Perdita
craintive, saisit le bras de lord Malden.

— Voyez donc, mylord, ces inconnus, fit-elle,
émue.

— Ils viennent à notre rencontre, Madame, nous
n'avons rien à redouter.

— Vous les connaissez?

— L'un est le prince Georges, l'héritier du trône
et votre esclave, l'autre est son frère, le duc d'York.

Quand se rencontrèrent les deux groupes, Malden
s'éloigna discrètement, le prince de Galles prit une
main de l'artiste qu'il porta à ses lèvres avec toute
la passion d'un homme sérieusement épris.

— Merci d'être venue, lui dit-il.

— Ma place n'est point ici, Monseigneur...

— C'est vrai, elle est sur mon cœur, interrom-
pit-il.

Il la prit vivement dans ses bras et la pressa sur
sa poitrine.

— Laissez-moi, je vous en prie...

Elle essayait de s'échapper des bras vigoureux qui l'enserraient.

— Sentez-vous battre ce cœur qui vous appartient, dit-il, il mit un long baiser sur sa joue brûlante. Enervée elle s'avoua vaincue.

— Mon excuse est dans l'affection que vous m'avez inspirée, murmura-t-elle.

— Dites l'amour, Perdita.

— Oui, l'amour, je l'avoue et j'en rougis.

A ce moment on entendit des bruits de pas, des rires étouffés :

— Quelqu'un nous surveille, dit le prince.

Le duc d'York s'élança du côté où devaient être cachés les curieux, il n'aperçut rien mais derrière les haies bordant une petite propriété voisine des gens couraient cherchant à s'éloigner sans être vus et bientôt tout bruit cessa.

— Vous avez été imprudent Georges, dit le duc, de rester ainsi en pleine campagne au lieu de vous abriter au château.

— C'est vrai, mais peut-être supposons-nous ce qui n'existe pas, et ceux que vous venez de faire fuir ne sont sans doute que des paysans qui ont cru surprendre quelques-uns des leurs à un rendez-vous galant.

— Il est probable que vous avez raison, je le souhaite surtout pour cette pauvre enfant qui est comme paralysée.

Et doucement le prince de Galles pressa Mary sur lui et l'embrassa sur les yeux :

— Je n'ai peur que pour vous Monseigneur, dit Perdita.

Malgré l'assurance que l'on faisait paraître, il restait dans les esprits une inquiétude vague qui arrêtait toute expansion, figeait les sourires sur les lèvres et assombrissait les fronts.

— Il faut se séparer, dit le duc, mais fixer d'abord un nouveau rendez-vous, si pourtant la chose vous convient.

Il fut entendu qu'on se reverrait le lendemain, mais au château, à l'abri des indiscrets.

— Malden, appela le duc.

Le noble lord accourut :

— Vous allez retourner à Londres, comte, et demain à l'île vers la nuit.

— C'est entendu, Monseigneur.

Le prince de Galles et Perdita échangèrent un dernier baiser, une phrase d'amour, un serment et se séparèrent non sans faire jurer un peu York, à qui son frère dit en riant :

— Vous oubliez que vous êtes évêque.

— Oh, je le suis si peu et j'espère bientôt ne l'être plus.

— Avouez que l'épiscopat protestant du Hanovre ne fera pas en vous une irréparable perte.

— J'en conviens, mais occupons-nous de choses plus sérieuses.

Perdita et Malden étaient de nouveau sur la barque qui les conduisit à la petite auberge où ils passèrent la nuit et retournèrent à Londres le lendemain. Le soir ils étaient à Kew. Le prince se montra aimable, passionné et acheva de faire perdre à la jeune femme le peu de sang-froid qui lui restait.

— Vous reviendrez ce soir, lui dit-il le lendemain matin, au moment de la séparation.

— Cela me sera impossible, Monseigneur.

— Pour quelle cause ? fit-il avec un mouvement d'impatience.

— Parce que je joue.

— Eh bien on se passera de vous.

— M. Garrick serait mécontent de mon inexactitude d'abord, et ensuite de sa recette compromise.

— Quittez alors le théâtre.

— Et vivre, Monseigneur.

— Ne suis-je pas là.

— Mon mari est habitué à dépenser beaucoup.

— On le calmera facilement en lui fournissant les moyens de s'amuser.

— Hélas, si je suis ici, il l'a voulu.

— C'est dans son genre un digne homme, je lui sais gré d'un sacrifice dont il ne se doute pas. Ainsi, il est entendu que vous allez prévenir M. Garrick que vous allez vous séparer de lui.

— Cela va lui faire de la peine.

— Pour sa caisse, je comprends son ennui.

— Surtout parce qu'il a pour moi une affection sincère et est très fier d'avoir mis en pleine lumière la pauvre Mary Davy qui va disparaître brusquement, au milieu de ses succès au théâtre et rentrer dans la vie banale des femmes entretenues.

— Ne dites pas cela, Perdita. Je vous aime et vous m'aimez, nous ne nous séparerons que le moins possible. Faites-moi le sacrifice du théâtre, ma bien-aimée, Je suis jaloux, non de vous, mais de tous ceux qui vous admirent, vous applaudissent et se croient le droit de vous écrire leur passion, de vous envoyer des bouquets, de pénétrer même dans votre loge et de vous causer familièrement. Cela me déplaît Je veux être le seul à vous adresser des lettres, des fleurs, à vous parler, comme je suis le seul, vous me l'avez juré, qui occupe vos pensées.

Elle céda et promit qu'elle ferait connaître à Garrick sa résolution. Ce ne fut point sans une véritable lutte intérieure, sans une hésitation qui faillit à un moment donné l'empêcher de parler que, se trouvant le soir dans le cabinet de son directeur, elle lui fit part de sa résolution :

— Je m'attendais à cette démarche depuis quelques jours, lui répondit Garrick, elle me cause une grande peine, mais aucune surprise.

Elle le regarda, étonnée :

— Comment, M. Garrick pouviez-vous vous attendre...

Il l'interrompit :

— Je suis au courant de vos relations avec le prince de Galles. Naturellement entre ces deux positions, rester une astiste accomplie, admirée du public et honnête femme, ou être la maîtresse en vue de l'héritier de la couronne, recevant les adulations de son entourage de jeunes gens corrompus et

exposée à s'entendre chaque jour insulter par le
peuple, vous n'avez pas hésité, c'est la vie de courti-
sane que vous avez choisie librement, sans autre
motif qu'un goût pour le vice qui existait certainement
en vous à l'état latent.

— M. Garrick pouvez-vous supposer...

— Je ne suppose pas, je vois.

— Je l'aime, mon cœur domine ma raison.

— Allons donc. Cet amour n'est pas venu comme
cela, brusquement. Le prince vous a écrit des lettres
auxquelles vous avez répondu, donné des rendez-
vous que vous avez acceptés.

— Je suis bien à plaindre.

— Par votre faute. Si vous aviez renvoyé les lettres
sans les ouvrir, refusé de recevoir le personnage
chargé par votre soupirant de vous faire son éloge,
l'aventure n'aurait pas eu de suite. Malgré son enté-
tement, le prince se serait vite lassé et aurait envoyé
à une autre, lettres brûlantes et agent corrupteur.

— Songez donc, mon mari m'a rendue si malheureuse.

— C'est vrai, mais il vous restait un enfant auquel
vous n'avez pas songé. Vous auriez pu divorcer et
prendre un autre mari, je comprends qu'une femme
ayant comme vous le talent, l'esprit et la beauté ne
puisse vivre seule, un défenseur lui est indispensable.

— On ne m'a pas donné de conseils.

— Parce que vous n'en avez pas demandés et que
vous ne vouliez pas en recevoir.

— Mais vous, Monsieur, pourquoi ne m'avoir pas
dit il y a un mois ce que vous me dites aujourd'hui ?

— Vous m'auriez répondu que ce qu'on disait était
faux et que vous étiez libre d'agir à votre fantaisie.
Enfin, voilà assez de paroles sur ce sujet qui me ré-
pugne, votre défaite est irréparable, elle a été voulue,
acceptée avec joie. Vous voulez quitter le théâtre, je
n'essayerai même pas de vous retenir, ce qui serait
inutile. A quand votre dernière représentation, fixez
vous-même le jour.

— Puisqu'il faut en finir, demain, si vous voulez.

— C'est convenu, le plus tôt possible c'est ce qu'il
y a de mieux. Je vais faire préparer les affiches, et
annoncer deux pièces où vous avez eu vos succès les
plus brillants : La *Miniature* et la *Veuve Irlandaise*.
Vous êtes apparue sur mon théâtre avec l'éclat ful-
gurant de l'éclair, votre départ doit être également
un triomphe. Il faut que la nuit se fasse brusquement
sur cette scène où a rayonné votre gloire.

— Merci, Monsieur, de votre bienveillance, malgré
mes fautes. Mais je ne pourrai pas supporter les regards du public si, comme vous, il connaît les derniers et tristes événements de mon existence.

— Certes il les connaît, mais il se contente d'en
rire et vous applaudira.

— Comment a-t-il pu être instruit de ce que je
croyais un secret bien gardé ?

— Parce qu'on avait remarqué le prince de Galles
assistant à chaque représentation où vous aviez un
rôle, vous regarder, vous applaudir avec affectation ;

que l'on avait vu lord Malden, son recruteur, s'entretenir avec vous ; alors on vous a surveillée et la première fois que vous avez été à Kew, on vous a suivie et, dans l'avenue, quand le prince vous pressait sur son cœur, lord Littelton et ses amis, lord Northington, le capitaine Ayscough, sir Arthur Fitzgérald étaient à quelques pas, voyant tout.

— Ce sont eux qui ont ri et que l'on a poursuivis sans les atteindre ?

— Justement, ils n'ont point gardé le secret de leur découverte, le lendemain au Panthéon-concert, au Ranelagh, ils le racontaient aux femmes et hommes habitués de ces lieux ; en quelques heures tout Londres était au courant.

— Dans quelle horrible situation je suis ! Je comprends que je doive me retirer du théâtre. Vous avertirez alors le public que demain est ma dernière soirée ?

— Non, car il y aurait certainement des sifflets, des protestations. Je préviens seulement que vous jouez dans les deux pièces, ce qui attirera une foule qui voudra vous entendre toute une soirée.

Dès que l'on apprit que Perdita paraîtrait dans deux rôles dans une même représentation, tout le monde voulut aller l'applaudir, on dut refuser des places, le caissier se frottait les mains et voyant le directeur avec un visage sombre il lui dit :

— Monsieur Garrick, tout est plein, on nous offre de l'argent que nous sommes obligés, bien malgré nous, de ne pas accepter. Ce sera une soirée très brillante, pourquoi êtes-vous triste lorsque tous ceux qui vous entourent sont gais, et ont raison de l'être ?

Garrick ne répondit pas et continua sa promenade, les mains derrière le dos, la tête penchée :

— Il prépare sans doute un nouveau succès, ne voulant pas s'arrêter à celui de tout à l'heure, se dit le caissier qui ne voyait que sa recette.

Jamais Perdita n'avait excité pareil enthousiasme, on riait, on applaudissait, ce fut une fièvre ressemblant à une crise de folie. Au foyer à un de ses camarades qui la complimentait elle dit :

— C'est ma dernière soirée, mon cher Neody, vous ne me verrez plus jamais à vos côtés vous donnant la réplique.

— Vous voulez rire, Perdita, un général vainqueur ne prend pas la fuite, ce n'est pas dans son rôle.

Ayant toujours la préoccupation de son départ, elle eut de vraies larmes aux endroits pathétiques et elle en fit couler parmi les spectatrices. Et quand elle chanta les derniers vers de sa chanson dans la *Veuve Irlandaise.*

Oh ! bonheur à vous, en tout et à pleine mesure.

Ainsi souhaite et prie la veuve Brody » Elle faillit s'évanouir et on dut la soutenir pour rentrer dans la coulisse. Le public la redemanda plusieurs fois et Garrick qui d'un coin assistait à cette ovation se disait :

— Si tous ceux qui l'applaudissent se doutaient qu'ils ne l'entendront plus, ce serait des sifflets, des cris d'animaux, des insultes, mais cela viendra.

VI

En effet, comme il avait, après la représentation,
prévenu ses artistes que Mistress Robinson se séparait de lui et qu'elle même leur fit ses adieux, non
sans pleurer beaucoup, les journaux annoncèrent
cet événement avec des commentaires élogieux
pour l'artiste, mais remplis de fiel pour la femme
qui, pour rester la maîtresse du prince de Galles,
renonçait à une existence honorable et brillante.
Dans les rues quand on reconnaissait son équipage,
on la huait et chaque jour les feuilles publiques
qu'elle lisait régulièrement étaient remplies d'injures à son adresse. Mais ces emportements populaires
finirent par se calmer, on oublia Perdita et seuls les
viveurs, ceux qui l'avaient fréquentée, s'occupaient
des plus petits détails de son existence. Elle respira
quand elle put enfin circuler dans Londres sans être
outragée, et qu'il lui fut possible d'ouvrir un journal
sans y voir son nom imprimé avec accompagnement
de réflexions blessantes ou ordurières.

Elle se rencontrait avec le prince assez irréguliè-
rement au château de Kew, où ils cachaient leurs
amours. Son royal amant s'excusait de cette dissi-
mulation sous le prétexte que l'on organisait sa
maison et qu'il voulait éviter que l'on critiquât la légè-
reté de sa conduite, si l'on connaissait trop leurs relations, et que pour ce motif le Parlement diminuât sa
dotation.

Malgré le secret dont ils s'entouraient, ils étaient surveillés, chaque fois que Perdita allait à un rendez-vous, des curieux, des jaloux la suivaient, et quelques journaux, immédiatement informés, racontaient ces entrevues sans commentaires scandaleux. A Londres les désœuvrés s'arrachaient ces feuilles, où Perdita était injuriée sans pouvoir se défendre. Le prince recevait ces documents, envoyés anonymement par des ennemis, ou apportés par ses amis. La jeune femme sanglotait en lisant ces libelles, en présence du prince elle essayait de réagir, affectant de rire de toutes ces injures. Mais il n'était pas dupe de ce calme apparent et tentait par ses protestations de la consoler.

Ces retours de curiosité sur un incident déjà vieux de deux mois passaient comme des accès de fièvre intermittente et produisaient toujours de l'effet sur la nature impressionnable de Perdita.

— Si je n'avais pas quitté le théâtre je n'aurais pas à subir toutes ces avanies, dit-elle un soir qu'ils se promenaient seuls dans un coin sombre du jardin.

— Ne croyez pas cela, Perdita, on en veut à votre talent, à votre beauté, on est jaloux de ces qualités brillantes qui excitaient l'admiration lorsque vous paraissiez sur les planches, on ne vous pardonne pas d'avoir ému et charmé les foules. Si vous étiez restée avec M. Garrick, vous seriez accablée des mêmes injures. La foule brise ses idoles avec la passion qu'elle a mise à les créer.

— On sait que vous m'aimez, surtout, voilà mon grand crime.

— Ce n'est point à vous que doivent s'adresser les reproches, c'est à moi.

— On ne vous épargne pas, vous le constatez tous les jours, mais moi, une actrice, la femme d'un homme qui a été en prison pour dettes devenue la favorite de l'héritier d'un des royaumes les plus puissants du monde, est-ce que c'est ma place.

Il lui entoura la taille de son bras, elle laissa doucement tomber sa tête sur son épaule, leurs lèvres se rencontrèrent et fermant ses grands yeux, elle dit :

— Malgré tout, je suis en ce moment aussi heureuse que peut l'être en ce monde une créature humaine. Oh, mon Georges, mourir ainsi, dans tes bras, ma joue contre la tienne ce serait pour moi le bonheur suprême.

— Il faut vivre, ma chérie, vivre longtemps, pour nous aimer, nous le répéter sans cesse.

— Oui ! il est des phrases que l'on aime dire à celui qu'on adore, elles sont toujours les mêmes.

— Et on ne se lasse pas de les entendre, dit-il en l'embrassant avec bruit.

Un rire éclata à quelques pas : Les amoureux écoutèrent, elle se serrant contre son amant :

— Oh, Monseigneur, dit-elle tout bas, on nous poursuit dans les recoins les plus cachés.

Le prince appela lord Malden qui attendait à une centaine de pas. Le vicomte accourut :

— Malden, lui dit le prince, quelqu'un nous surveille.

— Vous en êtes sûr, Monseigneur.

— Nous avons entendu un bruit de voix de ce côté.

Le comte s'élança vers une futaie dont l'obscu-
rité grandissait encore les dimensions, son maître
voulut le suivre, Perdita le retint :

— N'allez pas risquer votre existence à cause de
moi, lui dit-elle.

— Je vais punir l'insolent qui s'est introduit ici.

— Lord Malden le poursuit.

— Et s'il est assassiné ?

— Il est prudent.

— Que de crimes dont j'aurai la responsabilité
devant Dieu, murmura-t-elle, et nous ne sommes
qu'au début.

— Ne crains rien, mon ange.

— C'est pour vous, Georges, que j'ai peur. Ma
pauvre vie ne compte pas, ne doit pas compter, tan-
dis que la vôtre.

— La mienne ? Mon frère d'York me remplace-
rait et les choses d'Angleterre continueraient à marcher, comme si j'étais vivant, dit-il en riant.

Ils parlaient tout bas et vite, regardant du côté où
avait disparu Malden, mais la nuit épaisse les empêchait de voir à plus de la longueur du bras ; ils entendaient des bruits de pas sur le gazon, des oiseaux
de nuit volaient lourdement au-dessus de leurs têtes
et des chauves-souris frôlaient leurs joues de leurs
ailes glacées.

— On parle, on se querelle, dit Perdita.

En effet un bruit de voix animées arrivait à leurs oreilles.

— J'entends Malden, dit le prince, sa voix s'élève, il se fâche.

— Pourvu qu'il ne lui arrive pas d'accident !

— Non. Ecoutez, c'est lui qui vient de lancer ce coup de sifflet pour appeler les gardes à son aide.

Trois hommes parurent, courant du côté où le sifflet avait été entendu, traversèrent à quelques pas un grand espace vide d'arbres et s'enfoncèrent dans les charmilles, pareils à des ombres. Une discussion à demi-voix qui dégénéra en querelle arriva aux oreilles du prince et de Perdita :

— On se bat, dit celle-ci tremblante.

— Ne craignez rien, Malden ne se laissera pas tuer, il a rencontré les curieux et veut les arrêter.

— Ils se défendront.

— Ils cherchent surtout à s'échapper car il doit les connaître, ce ne sont pas des voleurs.

La querelle semblait s'être apaisée, les voix s'étaient tues. Lord Malden reparut :

— Qu'y a-t-il ? lui demanda le prince, vous êtes seul ?

— J'ai renvoyé les trois gardes après avoir eu une explication avec les rôdeurs.

— Vous les connaissez ?

— Oui. Lord Littelton et Arthur Fitzgérald.

— Que vous ont-ils dit ?

— Voyant qu'ils ne pouvaient m'échapper, ils se

sont arrêtés et se retournant, m'ont menacé de me
tuer, ils avaient mis l'épée à la main. C'est à ce moment que j'ai appelé les gardes tout en me mettant
sur la défensive. Alors les fuyards se sont décidés
à parler. Ils ont voulu d'abord le prendre sur le ton
de la plaisanterie en se moquant de vous, de votre
passion, de votre façon poétique de promener la
nuit sous les grands arbres ou à travers les clairiè-
res tout enténébrées, celle qui est la maîtresse de
votre cœur.

— Les misérables ? dit le prince.

— J'ai coupé court à leurs plaisanteries en les pré-
venant que j'allais les faire pendre au plus haut
chêne du parc comme de simples voleurs. Ils ont ri
de ma menace me mettant au défi de l'exécuter.
Sur un signe de moi les gardes se sont précipités sur
eux, les ont terrassés et en ce moment ils doivent
être en train de se balancer mollement entre ciel
et terre, le visage doucement carressé par le vent
qui rafraîchit leurs faces congestionnées.

Perdita s'évanouit.

— Vous avez été trop vif, Malden, courez délivrer
ces malheureux s'il en est encore temps. Allez et ra-
menez les moi vivants.

Le comte se précipita sur le lieu du supplice et
arrivé près du chêne, il se heurta à un corps suspendu dans l'espace.

— Décrochez-le, coupez la corde ! s'écria-t-il.

La corde fut coupée et l'homme tomba comme une
masse sur le gazon épais.

— Est-ce qu'il est mort ? demanda-t-il.

— C'est peu probable répondit un garde, je l'attache à l'instant et la corde, qui n'est qu'une branche flexible de chèvre-feuille, n'à pas serré aussi nettement que si elle eut été de chanvre.

— Vous arrivez à point, mylord, dit celui qui n'avait pas encore subi la désagréable opération.

— Tiens c'est vous qui passiez le second, Littelton, vous aviez pourtant, par votre naissance, le droit de précéder Fitzgérald dans l'éternité.

— Privilège dont je me soucie peu dans les conditions actuelles, répondit Littelton, que les deux hommes qui le tenaient et se préparaient à introduire sa tête dans le nœud coulant, mirent en liberté.

— Enlevez au moins ce mouchoir qui attache mes poignets, leur dit-il.

Ils regardèrent Malden qui leur fit signe d'enlever le lien.

— Et comment ce fait-il que j'échappe à la pendaison ! demanda Littelton.

— C'est Son Altesse qui vous fait grâce.

— Vous la remercierez pour moi, mais avouez qu'elle ne met pas de formes dans sa façon de se débarrasser de quelqu'un qui lui déplait.

— Si ce quelqu'un était demeuré à Panthéon-Concert dans la société de femmes joyeuses et d'ivrognes libertins cela ne lui serait point arrivé.

— C'est vrai. Mais je vous ferai observer, mylord, que vous vous montrez bien dur pour une société qui est loin de vous déplaire.

— Il y a des instants où l'on se sent plus vertueux que dans d'autres, c'est à l'heure actuelle, mon cas.

Georges Fitzgérald que l'on avait laissé étendu sur le gazon sans plus s'occuper de lui, commença par donner des signes de vie, remuant les jambes et les bras, se retournant, respirant avec force et finissant par ouvrir les yeux, se soulever avec peine, cherchant à se rendre compte de sa situation. Il prononça quelques paroles dont on ne saisit pas le sens. Littelton s'approcha, se baissa à la hauteur de sa tête qui vacillait sur ses épaules et lui demanda s'il éprouvait du mieux :

— Où suis-je, que m'est-il arrivé ? demanda-t-il.

— Dans le parc de Kew, mon ami, chez son Altesse le prince de Galles.

— Ah ! oui, il passait une main tremblante sur son cou endolori, je souffre, cela me fait mal.

— Je le comprends sans effort. Pouvez-vous vous mettre debout ?

— Non, non, fit-il après une tentative pour se servir de ses jambes. Je suis brisé, moulu, aux oreilles j'ai des bourdonnements. Je perds la mémoire, dites-moi ce qui s'est passé.

— Attendez quelques minutes, reprenez des forces et nous causerons.

— Qu'on aille chercher au château un flacon de vin de Porto, dit Malden, un verre ou deux suffiront pour rendre les forces physiques et l'intelligence à cet excellent Fitzgérald, à qui un réconfortant me semble nécessaire.

Un garde fut envoyé à la recherche de ce cordial tant apprécié des Anglais bien portants, et revint presque aussitôt chargé du précieux liquide. Durant sa courte absence, le malade avait senti ses forces revenir un peu, et se plaignait de la douleur qu'il ressentait au cou.

— C'est comme si on avait tenté de m'étrangler, dit-il.

— La mémoire reparaît, dit tranquillement Malden.

On soutint Fitzgérald pour le faire boire. Il avala les premières gorgées avec difficulté.

— Pas trop à la fois, cela pourrait lui faire du mal, fit observer le confident du prince.

Enfin le pendu put être mis sur ses jambes, qui flageolaient encore, et resta debout, soutenu par Littelton. Il se passait la main sur le front comme s'il cherchait des idées. Le souvenir de ce qui venait de s'accomplir lui revint, un peu embrouillé d'abord, puis peu à peu, la lumière se fit dans son esprit.

— Mais on a tenté de m'assassiner, dit-il.

— Le mot est un peu gros, on a voulu vous donner une leçon tout simplement, lui répliqua lord Malden. Il est vrai que cette leçon a failli vous coûter la vie.

— Et c'est son Altesse qui a ordonné mon exécution ?

— Oui, mon cher Fitzgérald, son Altesse a horreur des indiscrets et quand elle s'est aperçue que des espions étaient près d'Elle, Elle a donné l'ordre, si on les prenait, de les pendre.

— Et vous avez été l'exécuteur de cet ordre ! Nous nous retrouverons, mylord.

— Quand il vous plaira, sir Arthur.

Le faux pendu pouvait marcher, aidé par son ami, il allait doucement, mettant avec précaution un pied devant l'autre, ses jambes fonctionnant encore difficilement. Ils atteignirent ainsi la rivière où, dissimulée dans les roseaux, les attendait la barque qui les avait amenés. Fitzgérald fut assis commodément, Littelton prit les cordes du petit gouvernail et le marinier poussa son esquif au milieu de l'eau tranquille. Ils descendirent lentement le fleuve, Fitzgérald buvant à chaque instant une gorgée de Porto, sa respiration devint plus facile, son esprit plus lucide, mais en songeant à ce qui venait de lui arriver, il sentait la sueur perler à son front et à ses tempes et se demandait s'il n'était pas la victime d'un cauchemar épouvantable.

Arrivés en amont du pont de Londres, la barque s'arrêta, les deux touristes débarquèrent, et lord Littelton accompagna jusqu'à son logis son ami, qui ne prit même pas le temps de se dévêtir, s'étendit sur son lit en disant :

— Malden aura ma vie ou j'aurai la sienne. Après le tour qu'il vient de me jouer, un de nous est de trop sur la terre.

Son compagnon le quitta dès qu'il le vit endormi, et recommanda à son laquais de ne point s'absenter, de rester dans la chambre :

— Ton maître est souffrant, lui dit-il, s'il surve-

nait une crise fais moi prévenir à Panthéon-
concert.

Quand il entra dans cet établissement, il était trois
heures du matin. Déjà des habitués dormaient sous
les tables et sur le parquet ; beaucoup étaient ivres
et pouvaient à peine parler, leurs yeux humides,
leurs faces apoplectiques laissaient deviner que quelques verres encore, ils ronfleraient comme les premiers ; puis il y avait ceux dont l'état ne compromettait pas encore la raison et l'équilibre, qui causaient,
riaient avec les femmes. Plusieurs s'empressèrent
autour de Littelton, lui demandant d'expliquer son
absence et ce qu'il avait fait de son compagnon.

— Fitzgérald est chez lui en train de se reposer,
dit-il.

— Que lui est-il arrivé ?

— Rien de bien grave. Une querelle avec lord
Malden.

Il fit un récit à sa façon, se gardant de parler de la
pendaison.

— Alors vous avez vu ensemble Perdita et le prince
de Galles ?

— En train de s'embrasser, en se jurant de s'aimer
toujours. Nous avons fait du bruit en agitant des
branches d'arbres. Lord Malden est accouru, nous a
aperçus. Une dispute avec échange de coups de poings
a terminé cette entrevue.

— C'est Fitzgérald qui a reçu les coups, puisqu'il
n'est pas ici.

— Oui, mais il est décidé à les rendre.

— La boxe alors, jusqu'à ce qu'un des deux tombe assommé.

— Peut-être. Dans tous les cas, la lutte sera sérieuse.

La conversation roula entièrement sur cette rencontre prochaine entre les deux hommes. Les plus ivres se redressèrent, écoutant et donnant d'une voix pâteuse leur opinion, les femmes se mêlèrent aux discoureurs, presque toutes déclaraient que lord Malden avait parfaitement agi en donnant une leçon à des indiscrets qui s'étaient mêlés de ce qui ne les regardait pas. Des paris s'engagèrent sur le résultat du combat ; Fitzgérald avait été surpris, mis dans l'impossibilité de se défendre, il prendrait certainement sa revanche. Cependant Malden avait aussi des partisans, il était solide, vif, très habile à tous les pugilats, il compléterait la victoire si bien commencée en forçant une seconde fois son adversaire à prendre un long repos pour se rétablir.

Les gazettes du lendemain annoncèrent le duel et la cause qui l'avait rendu inévitable, le tout assaisonné de réflexions peu élogieuses sur l'existence trop scandaleuse de l'héritier du trône de Grande-Bretagne et d'Irlande.

VII

Mary avait été épouvantée en entendant les rires étouffés et moqueurs de ceux qui les écoutaient, elle se serra contre son amant quand Malden se mit à leur poursuite et malgré les phrases d'amour du prince elle tremblait, pouvant à peine prononcer quelques mots :

— Qu'allez-vous devenir, si l'on vous attaque, dit-elle au milieu des sanglots.

— Je me défendrai, ma Perdita, mais sois sans inquiétude, ces rôdeurs ont donné la mesure de leur audace, à peine découverts ils fuient. Malden va nous les amener honteux, humiliés, et demandant pardon de leur conduite.

— Si on vous menaçait, on me tuerai d'abord !

En se redressant, elle se plaçait devant lui.

— York est là, à quelques pas, vêtu de son costume militaire, et malheur à celui qui me toucherait.

Il appela son frère qui accourut et dit :

— Vous êtes découverts, demain la société de Londres va crier au scandale et se voiler la face.

— Elle pensera ou dira ce qui lui plaira.

— Oui, mais en ma qualité d'évêque je monterai en chaire et lui mettrai sous les yeux l'existence scandaleuse de presque tous ses membres.

Le prince de Galles ne put retenir un éclat de rire.

— Il est quelquefois utile d'avoir deux professions absolument différentes, dit-il, comme soldat tu protèges mes amours, comme prêtre tu protestes publiquement contre les vices des autres.

— Les Hanovriens ne se doutent pas de la haute valeur du prélat qui est à la tête de l'évêché d'Osna-

brück, ils le regretteront quand ils ne l'auront plus,
dit le duc d'York.

— C'est possible, mais en attendant, je ne crois pas
me tromper en disant que leur plus grand désir est
d'en être délivré.

— Ce sont des ingrats, ont-ils eu tant à se plaindre
du chef de notre famille Ernest-Auguste, qui fut avant
d'être électeur de Hanovre, évêque d'Osnabrück.

— Et Malden qui ne revient pas.

— Il ne tardera pas à montrer sa face plus ronde
que la lune à demi cachée derrière les nuages, qui
nous contemple d'un air railleur. La face grimaçante
de ton favori va paraître dans les arbres.

Les deux frères causaient en Allemand, langue que
comprenait Perdita, dont ils ne se doutaient pas.

— Si vous avez à vous communiquer quelque secret, leur dit-elle, je vous préviens que j'ai appris
l'Allemand.

— Mais vous êtes un puits de science, ma chère
enfant! s'écria le joyeux évêque. Pic de la Mirandole
n'est, comparé à vous, qu'un ignorant.

Enfin après une attente assez longue, lord Malden
reparut et rendit compte de son expédition :

Ce pauvre Fitzgérald, dit l'évêque-soldat, a failli
avoir besoin de mon ministère. Espérons que la leçon
lui servira, de même qu'à lord Littelton.

Il fut décidé que Perdita passerait la nuit dans
une chambre de la petite auberge de l'île, il y aurait
pour elle des dangers à rentrer à Londres au milieu
de la nuit, dans la seule société de lord Malden. Ce

toit modeste où poussaient les fleurs sauvages dont
les semences avaient été apportées par le vent et les
oiseaux, abrita jusqu'à l'aube le futur roi d'Angleterre et la comédienne Mary Robinson.

Le prince ne pouvait se séparer de sa maîtresse,
qu'il laissait sur la couche dure qui leur avait été
cédée par l'aubergiste et s'était blotti dans un coin
du grenier, sur de la paille, où il avait ronflé à faire
crouler la maison, indifférent à ce qui se passait au
rez-de-chaussée, dont la location lui avait rapporté
trois guinées.

Le duc d'York, toujours revêtu de son uniforme,
parut accompagné de lord Malden, qui ne s'était pas
couché, et avec deux gardes qu'il avait raccolés,
s'était promené le long de la Tamise, surveillant l'auberge en cas de surprise indiscrète ; mais il n'y eut
pas d'alerte et, seuls, les oiseaux sortant de dessous
leurs ailes leurs petites têtes éveillées, chantèrent le
jour naissant.

— Ils sont heureux, ces gracieux habitants de l'air
dit Perdita à son amant, qui se préparait à sortir.

— Et nous, ma Perdita, comme eux nous pourrions
chanter, car notre nuit a été toute de bonheur.

— Ils n'ont pas de craintes et nous — ou plutôt moi
— craignons les suites d'un plaisir où nos âmes se
sont confondues. Les hommes sont méchants et font
du mal parce que cela leur plaît, sans raison.

— Qu'est-ce que l'opinion des envieux peut nous
faire, Perdita ? Laissons-les, ignorons leur existence
et soyons heureux.

— Oui, car notre bonheur durera peu, j'en ai le pressentiment.

Le prince prit dans ses bras la charmante créature et l'embrassa vigoureusement.

— Chasse les soucis, mon amie, ne t'occupe pas du lendemain, car quoiqu'il arrive, je ne t'abandonnerai pas, nous serons toujours l'un à l'autre.

Le duc d'York appela du dehors. Le prince de Galles se retira à reculons, regardant la jeune femme dévêtue, les cheveux retombant en cascade d'or sur le dos et les hanches, assise sur un matelas rembourré de paille et de joncs. Il franchit la porte, la laissant seule, dans cette pièce sombre, où le jour pénétrait à peine. Elle retomba sur le lit, après avoir ouvert la petite fenêtre aux carreaux étroits, d'où l'on voyait le jardinet; elle voulait entendre encore la voix de celui qu'elle aimait, répondant au duc d'York et à lord Malden.

— Perdita va passer la journée dans cet ermitage, disait le prince.

— Renfermée, Monseigneur? demanda Malden?

— Vous ferez surveiller les environs, mais sans aucune ostentation, il ne faut même pas que les gardes chargés de cette surveillance se doutent de leur besogne.

— J'ai assez de ces amours, dit le duc d'York, c'est à rendre fou l'homme le plus calme.

La jeune femme demeura seule dans la petite maison, écoutant le chant des oiseaux, le bruissement léger des feuilles, agitées par un vent très doux du

sud, le clapotis de l'eau sur la rive, respirant voluptueusement l'air parfumé et chaud qui pénétrait dans
la maison par les portes et la petite fenêtre grandes
ouvertes.

On ne la vit pas à Londres ce jour-là, on causa sur
cette éclipse, qui privait le monde viveur de son principal sujet de conversation,, et l'on se demandait
avec inquiétude si son royal amant allait la confisquer
à son seul profit. Quelqu'un dit avoir rencontré Horace
Robinson à cheval, ayant l'air heureux d'un homme
qui, jouissant d'une santé excellente, n'a point les
soucis de l'existence quotidienne.

— Ceci est d'un bon augure, fit observer le capitaine
Ayscough, si l'honorable Horace Robinson avait des
craintes sur la conduite du prince de Galles à l'égard
sa femme, il lui serait impossible de les dissimuler.
Il va nous la ramener.

Le capitaine parla à sir Horace des inquiétudes de
ses amis :

— Je suis comme vous sans nouvelles, lui répondit
le digne mari, mais aucun malheur n'est à redouter,
mistress Robinson aura voulu, séduite par le beau
temps, passer la journée à la campagne, elle va vous
revenir.

— Plus fraîche, plus belle et plus séduisante, dit
galamment Ayscough. Ah ! vous êtes un mortel heureux de posséder un pareil trésor.

— Mais qu'est-il arrivé à Fitzgérald ? demanda
l'heureux époux ; on dit qu'il a été attaqué, blessé

dans une bagarre ? Connaissez-vous quelques détails
sur ce fait ?

— Rien, sir Horace, absolument rien.

— Il faudra que je m'informe.

— Dans tous les cas, la chose ne peut être grave,
Arthur Fitzgérald est trop connu, vit trop en dehors
pour que l'on ne sache pas s'il n'a point été victime
d'un accident quelconque.

— C'est étrange, j'ai entendu parler d'une rencontre
entre lui et lord Malden, vous comprenez que cela
m'intéresse.

— Je le comprends, sir Horace.

— Aussi, je tiens à savoir ce qui s'est passé, ce qui
se prépare, car mon nom peut être mêlé à ces disputes,
ce que je veux empêcher.

— Si ce que vous supposez est vrai, il vous sera certainement difficile d'arrêter ces bavardages. Il faut
être philosophe, sir Horace et savoir se faire une raison.

— Ma philosophie ne va pas jusqu'à tout supporter,
capitaine. Que feriez-vous à ma place ?

— A votre place, j'agirais comme vous, je laisserai
tout dire, tout faire, me contentant de vivre heureux,
sans les soucis de l'existence Que vous manque-t-il ?
Rien. Si vous faites du tapage, cela attirera sur vous
l'attention et pourra diminuer vos revenus dans
de fortes proportions. Songez à cela et réfléchissez
avant de vous lancer dans des aventures.

— Soyez tranquille, capitaine, je serai prudent.

— Je n'en doute pas, mon ami.

Sir Horace Robinson pour la première fois de sa vie, vit l'avenir sous des couleurs sombres. De tous ces bavardages, une querelle à propos de sa femme pouvait résulter pour lui la gêne et même la misère, car un homme ayant ses goûts de dépense, réduit au plus strict nécessaire se considère comme misérable. Après avoir longuement et sérieusement réfléchi, il décida que le silence était encore le parti le plus sage et résolut de ne plus répondre aux questions indiscrètes qui lui seraient adressées.

Mais à Panthéon-Concert, au Ranelagh, dans les théâtres, les langues tournèrent, les femmes étaient heureuses de voir ainsi rendues publiques les amours de Perdita et du prince de Galles. Cette vertu qui longtemps les avait tenues à distance s'était effondrée et tombée au niveau des autres que l'on avait traitées dédaigneusement de fragiles. Les journaux donnaient leur note aigre dans ce concert de l'envie satisfaite, constatant la chute éclatante d'une artiste admirée pour son talent mais dont la conduite privée avait jusqu'alors été irréprochable.

Pendant que le Tout Londres mondain s'occupait de nouveau de mistress Robinson et de son royal amant, leurs entrevues quotidiennes avaient toujours lieu, le soir, près du château de Kew, seulement lord Malden faisait mieux surveiller le parc et ses environs. La jeune femme était comme affolée du tapage causé par elle, le prince cherchait à la consoler, mais réussissait à peine à faire naître sur ses lèvres un doux et mélancolique sourire. Il lui établit une maison, se montra prodigue, lui qui avait la réputation d'un avare, sir Horace trouva qu'il faisait bien les choses, se déclara satisfait, et son visage qui avait pâli, reprit sa couleur rouge, son front soucieux se dérida, il s'afficha avec des maîtresses nouvelles.

Il n'avait plus à se tracasser de la proposition de lord Malden qui du reste, ne lui en parla plus quand il le rencontra.

La continuelle tristesse de Perdita finit par agacer le prince qui manifesta sa mauvaise humeur par quelques mots très durs. Elle lui demandait pardon avec une parole si douce, des yeux si aimants, des lèvres qui appelaient les baisers, qu'il finissait par rire de son emportement et tombait à ses pieds.

Lord Malden s'était aperçu de ce changement d'humeur chez son maître, comme il ne tenait point qu'une favorite nouvelle remplaça Perdita qui l'aimait beaucoup et ne cherchait point à lui nuire il lui dit :

— Mistress Robinson depuis que l'on s'occupe trop, j'en conviens, de votre gracieuse personne, vous êtes triste.

— Que voulez-vous, mylord, j'ai des raisons de l'être, vous les connaissez.

— Il faut réagir, lutter, avoir un caractère gai, qui plaise à son Altesse, qui, vous le savez a horreur des larmes.

— Il les boit, mes larmes.

— Ne vous y fiez pas, cela passera et, ma foi, le jour ou le prince déciderait qu'il a assez de vos pleurs et de vos soupirs, la séparation serait proche.

Elle eut en frisson :

— Est-ce que vous êtes chargé de me prévenir ?
demanda-t-elle.

— Non. Je vous parle dans votre intérêt et dans
le mien. Je tiens à ce que vous demeuriez le plus
longtemps possible, la favorite de mon maître, parce
que vous ne chercherez jamais à compromettre ma
situation.

—Eh bien après moi, le prince en prendrait une autre.

— C'est vrai, mais elle pourrait fort bien ne pas
vous ressembler, avoir à caser des parents, un mari
peut être et remplacer l'entourage actuel du prince
par ses esclaves. J'aime la tranquillité, avec vous je
suis tranquille, pas un rêve mauvais ne trouble mon
sommeil, pas un souci ne m'inquiète, je tiens à conserver ce calme de l'esprit qui maintient florissante
ma santé.

Perdita sourit :

— Eh bien mylord, j'essayerai d'être gaie.

— A la bonne heure. Et vous verrez son Altesse
de plus en plus éprise de vos charmes.

Malden se frotta les mains :

— Je vais enfin manger avec plaisir, dit-il, mon
appétit qui disparaissait, va revenir. Surtout mistress
Robinson, soyez énergique, ne vous attendrissez
plus sans raison.

Il la quitta, après lui avoir baisé la main. Il lui parut
que ses jambes étaient plus solides et son cerveau
plus libre. Il songea à Fitzgérald qui n'avait pas paru
au Panthéon-Concert depuis quelques jours :

— En voilà un encore qui m'ennuie, se dit-il. Il est toujours souffrant des suites de sa pendaison et doit m'en vouloir de ma mauvaise plaisanterie. Que va-t-il décider?

Le favori était brave et ne craignait point un duel mais il eut voulu que cette affaire se terminât promptement. Il ne tarda pas d'être fixé. Lord Littelton l'ayant rencontré au Ranelagh lui demanda un entretien de quelques minutes sur une question qui l'intéressait. Il lui rappela l'incident où Fitzgérald avait failli, bien malgré lui, quitter ce bas monde qu'il aimait tant.

— Et votre ami n'est point satisfait de mon procédé, répondit Malden. Que désire-t-il?

— Se battre avec vous.

— Je suis à sa disposition et lui laisse le choix des armes. Un duel à l'épée, comme en France, ou la boxe.

— Il préférera les poings à l'épée.

— C'est convenu. Choisissez le jour, l'heure et l'endroit.

— Dans la matinée, mylord, je vous apporterai sa réponse.

Les deux gentilshommes retournèrent se mêler aux joueurs et aux soupeurs. Leur causerie, dans un coin isolé avait attiré l'attention et les yeux de ceux qui n'étaient ivres qu'à demi étaient fixés sur eux. On chercha à connaître les propos qu'ils avaient échangés et comme ils éludaient toutes les questions, on les excita à boire, espérant que l'ivresse délierait

leurs langues mais ils se tinrent sur la défensive,
résistèrent à toutes les tentations, et les curieux, dé-
sappointés, supposèrent qu'ils s'étaient dit des choses fort graves que des événements prochains dévoile-
raient.

Le lendemain lord Littelton se rendit chez son
ami qu'il trouva étendu sur son lit, plongé dans la
lecture des journaux :

— Vous êtes souffrant ? lui demanda Littelton.

— Non un peu fatigué pour cause d'ennui.

— D'où vous vient cet état d'esprit?

— De l'isolement où je vis depuis mon aventure,
ensuite des bavardages des feuilles publiques.

— Je n'ai rien lu encore aujourd'hui. Est-ce qu'elles
reviennent sur votre maladie ?

— Pas précisément ; mais il paraît que vous avez
eu la nuit dernière une conversation fort intéres-
sante avec le favori du prince de Galles ?

— Quoi, elle est déjà imprimée ?

— C'est donc vrai.

— On la raconte ?

— A peu près. Celui qui donne les détails avoue
n'avoir rien entendu.

— Il dit la vérité, en effet personne n'a pu nous
entendre. Alors comment raconter une conversation
dont on ignore le sujet et dont on n'a recueilli aucune parole ?

— Le sujet était facile à deviner, la note est une
affaire d'imagination. Vous vous occupiez de moi.

— En effet et de lord Malden.

— Vous voyez que pour peu que soit inventif un écrivain il y a la dessus beaucoup de choses à dire. Mais maintenant que j'ai lu le roman, racontez-moi la vérité.

Lord Littelton dit ce qui s'était passé et termina son court récit en demandant à Fitzgérald ce qu'il décidait :

— Je choisis l'épée, mylord.

— Pourquoi pas la boxe, c'est plus anglais ?

— Parce que tout le monde ici, la canaille comme les gentilshommes clôt ses disputes par des échanges de coups de poings, au lieu que l'épée, seuls les hommes bien élevés s'en servent.

— Vous vous battrez à l'épée. L'endroit.

— A Kew, au lieu même ou Malden m'a si brutalement suspendu entre le ciel et la terre, après-demain à trois heures.

— Bien, je vais prévenir votre adversaire. Mais ne restez pas couché, donnez-vous du mouvement pour être léger, vif, au moment de la lutte qui, je crois, sera sérieuse.

— Je vous l'affirme, mylord.

Littelton se retira pour aller rejoindre lord Malden qu'il rencontra au moment où il sortait du palais de Kesington. En quelques minutes il le mit au courant :

— Diable, dit le favori en souriant, il a l'intention de me faire prendre la position horizontale à l'endroit même où je lui ai imposé la perpendiculaire. Je ferai mon possible pour ne pas lui donner cette satisfaction.

Au jour et à l'heure fixés, lord Littelton et sir Georges Fitzgérald arrivaient en carrosse près du château de Kew en face d'une hôtellerie de très modeste apparence dont les clients était principalement des villageois. Ils laissèrent leur lourd équipage sous la garde du cocher et franchirent à pied la distance d'un demi yard qui les séparait du lieu du rendez-vous où ils trouvèrent lord Malden en compagnie d'un jeune homme qu'il leur présenta :

— Sir Alfred Harry.

Après quelques paroles échangées, le groupe précédé de Malden s'avança vers une futaie qui dominait de grands chênes formant des dômes de verdure où, comme des éclairs, couraient les rayons d'un soleil brillant. Un vent léger agitait doucement les branches, ou des myriades d'oiseaux chantaient, piaillaient, se battaient, hérissant leurs plumes et agitant leurs petites ailes. Tout ce monde aérien s'enfuyait au bruit des pas des quatre intrus qui se permettaient de troubler leurs jeux ou leurs querelles. Lord Malden s'arrêta à un endroit tout entouré d'une végétation vigoureuse qui les mettait à l'abri des regards de passants trop curieux.

— Comment trouvez-vous ce coin isolé ? demanda-t-il à Georges Littelton.

— Parfait, répondit celui-ci en regardant Fitzgérald pour avoir son opinion.

— Ici ou ailleurs, cela m'est égal pourvu que nous en finissions promptement, répondit Fitzgérald d'un ton sec.

Les préparatifs furent rapidement terminés et les adversaires, l'épée à la main engagèrent la lutte. Le bruit sec de l'acier s'entrechoquant fit envoler les quelques oiseaux qui étaient restés dans le feuillage et leurs cris aigus allèrent se perdre dans des fourrés éloignés.

Lord Malden bien que un peu obèse, se tenait bien, sans fatigue apparente, son adversaire, maigre et élancé semblait fiévreux et avait parfois des mouvements désordonnés qui inquiétaient son second. Le grand chêne paraissait attirer l'attention de Fitzgéral, qui pâlissait, se défendait mollement, puis brusquement attaquait avec rage. Lord Littelton allait arrêter le combat, en constatant l'infériorité de son ami qu'il croyait souffrant, lorsque lord Malden profitant d'une seconde de distraction toucha à l'épaule, sir Arthur. Un filet de sang s'échappa de la blessure et inonda la chemise. Fitzgérald tomba sur le gazon et son regard affaibli se porta encore sur le chêne. Sir Alfred Harry courut au château chercher un médecin qui arriva un quart d'heure plus tard, lent et solennel. On lui montra le blessé qui venait de s'évanouir. Heureusement l'épée n'avait pas pénétré profondément, sur la peau seulement une longue estafilade d'où le sang s'échappait avec abondance. L'homme de l'art après avoir sondé la plaie, arrêta l'hémorragie non sans peine et, avec beaucoup de précautions, fit transporter Fitzgérald à quelques pas, au long d'une futaie, sur un tapis épais de gazon, puis il demanda de l'eau fraîche pour laver le blessé et lui faire re-

prendre connaissance; on ne put lui apporter que
l'eau attiédie qu'on alla puiser dans la Tamise. Les
deux seconds et lord Malden coururent vers le fleuve
dont on entendait le murmure des petites vagues
dansant sur la rive et, bientôt, la figure et le cou du
jeune homme furent abondamment lavés à l'aide de
mouchoirs. Bien que le liquide n'eut qu'une fraîcheur
relative, à cause de la chaleur, la réaction ne tarda
point à se produire, Arthur ouvrit les yeux, regarda
ce qui l'entourait et se rappela ce qui s'était passé.

— Ne parlez pas et demeurez immobile, lui dit le
médecin voyant qu'il agitait les membres et remuait
les lèvres. Votre blessure n'est pas dangereuse,
beaucoup de sang perdu, c'est ce qui cause votre
faiblesse.

Le blessé ferma les yeux on pouvait croire qu'il
dormait profondément en voyant sa physionomie
calme, mais sa pâleur laissait deviner que ce sommeil était dû à une souffrance vive un instant calmée
plutôt qu'à un repos réconfortant après une grande
fatigue, quand il sortit de cette prostration il ressentit
une vive souffrance au mouvement qu'il fit pour se
lever et poussa un cri :

— Doucement, pas de geste brusque, dit lord Littelton.

Ayant repris conscience de son état il demanda
si on n'allait pas le conduire à Londres :

— Nous allons d'abord vous transporter à la taverne de l'île, où je viens de vous faire préparer une
chambre et un lit, répondit le médecin.

L'aubergiste qui avait amené sa barque à la rive, aida à conduire le blessé qui, un quart d'heure plus tard, était déshabillé et couché sur un épais matelas d'herbes aquatiques :

— Je vous quitte, dit l'Esculape et ne reviendrai que demain matin. Reposez-vous, dormez si vous pouvez, mais la diète absolue. Si votre estomac réclamait, ne lui cédez pas. Attendez mon retour.

Et, majestueusement, le docteur se retira, laissant lord Littelton et son ami très penaud de s'être presque fait embrocher après avoir été pendu.

— Ce Malden s'est conduit de façon déloyale, mylord, dit d'une voix faible Fitzgérald.

— De quelle façon ? C'est vous que j'ai vu à un certain moment perdre la tête comme si vous aviez peur. Etait-ce une faiblesse ?

— Oui et non. Seulement mon adversaire m'a conduit auprès du chêne auquel il m'avait fait accrocher, la vue de cet arbre, de la branche qui m'a soutenu à deux pieds au-dessus du niveau du gazon m'a donné une émotion telle que j'en ai perdu la tête.

— Si lord Malden avait mis cet atout dans son jeu, il a pleinement réussi.

VIII

Le lendemain de ce duel les gazettes le racontaient en y ajoutant beaucoup de détails pour augmenter l'intérêt et soulever des polémiques, on se querella

au Ranelagh, on se boxa à Panthéon-concert et des
groupes nombreux d'hommes et de femmes se ren-
dirent à la petite maison où le blessé reprenait ses
forces perdues. Ce fut une véritable invasion, le digne
aubergiste n'arrivait pas à fournir le manger et surtout le boire à ces curieux qui chantaient, se gri-
saient, se querellaient et pour varier leurs plaisirs, se
dévêtaient et se plongeaient dans les eaux tièdes de
la Tamise et pour se sécher, s'étendaient sur l'herbe
sans se donner la peine de se couvrir du moindre vêtement. Pendant trois jours et autant de nuits, ces
divertissements ne subirent pas d'interruption. Le
tavernier était bien un peu scandalisé de ce sans
gêne, mais ces ondines aux corps blancs et souples,
ces ondins lourds à la carrure épaisse qui les pour-
suivaient dans l'eau et sur le rivage payaient si bien
que ses scrupules ne tinrent pas devant tant de gé-
nérosité, et il se dit que sans doute dans le grand
monde, à Londres, il était de bon ton de s'amuser
ainsi. Et il encaissait toujours. Il soupira quand disparut cette clientèle étrange, emmenant le blessé
qui n'avait pu prendre sa part de toutes ces distractions. Le brave hôtelier trouva sa maison bien vide,
son île bien déserte quand eurent disparu tous ces
fous, mais il se consola en comptant ses guinées
qui remplissaient plusieurs sacs de toile et se dit
qu'il pourrait, avec cette somme qui lui était arrivée
de façon si inattendue, achever de payer sa maison
et son jardin. Il serait propriétaire et pourrait peut
être faire partie de la petite bourgeoisie du comté.

Pendant que le brave homme se livrait à ses calculs, le prince et Perdita avaient des soucis plus graves ayant pourtant la même cause ; le bruit qui s'était fait après le duel ou leurs noms avaient été mêlés avaient scandalisé la cour. Le roi avertit son héritier de mettre fin à une intimité qui le compromettait ou s'il refusait, il se verrait supprimer la pension dont il jouissait depuis quelques mois seulement.

Mistress Robinson, de son côté, était épouvantée de ce bruit dont elle redoutait les suites pour son amant encore plus que pour elle. Aimant le prince avec passion, lui ayant donné son cœur et sa personne, elle se serait sacrifiée pour lui éviter le moindre ennui, malgré la douleur que lui eut causée une séparation. L'éclat donné à sa liaison avec le second personnage du royaume, au lieu de lui causer de la joie la rendait triste et craintive. Elle se montra plus douce, plus empressée à satisfaire les moindres désirs du prince, cherchant à lire dans ses yeux, à deviner sur ses lèvres ses pensées avant qu'il les eut émises. Elle trembla quand il lui dit quinze jours après le fameux duel combien il était contrarié.

— Je donnerais ma vie, Monseigneur, si c'était nécessaire pour faire cesser toutes ces médisances, répondit-elle doucement.

— Vous les connaissez donc ? Vous lisez les journaux, les pamphlets qui se publient.

— On me les envoie non par la poste mais par des hommes payés qui les glissent sous ma porte. Je suis bien forcée de les lire.

On sut que son royal amant lui avait donné en
une seule fois vingt mille livres, cette somme énorme
dépensée pour entretenir le luxe d'une maîtresse
parut une folie et les gazetiers ne manquèrent pas
d'insinuer que l'ancienne actrice avait ensorcelé le
prince, qu'elle le ruinait, le compromettait et lui
attirerait des désagréments fort graves s'il ne s'arrêtait à temps ; en sorte que le populaire s'intéressa
de nouveau à cette question de morale et quand paraissait dans Londres le brillant équipage de Perdita,
comme au début, les injures pleuvaient, on tentait
d'ouvrir les portières dont, plusieurs fois, les glaces
furent brisées et la pauvre femme avait toutes les
peines du monde d'échapper aux brutalités de la
foule insconsciente et furieuse. Malgré les instances
et les supplications du prince elle renonça à se faire
voir en public et vécut fort retirée. David Garrick et
Thomas Shéridan avaient cessé de la voir depuis
son renoncement au théâtre, ils ne voulaient point
avoir l'air, par leur assiduité auprès d'elle, d'approu-
ver sa conduite. Quand elle se fut isolée, n'ayant
d'autre société que celle de son amant qu'elle allait
voir une fois ou deux par semaine à Kew, en se dé-
guisant en femme du peuple, elle songea à ces amis
d'autrefois qui l'avaient aidée de leurs leçons, faisant de la mondaine désœuvrée et inutile qu'elle
était, la grande artiste que tout Londres avait acclamée, et écrivit à Garrick le priant de venir la voir.
Certain qu'on avait besoin de son appui moral. Garrick se rendit aussitôt la lettre reçue, chez son an-

cienne pensionnaire qu'il trouva comme cachée dans une grande pièce, richement meublée, dont les fenêtres et une porte donnaient sur un vaste jardin. Elle se leva pour le recevoir, lui tendit les mains qu'il serra doucement :

— Merci d'être venu aussi promptement, lui dit-elle en le conduisant à un fauteuil.

Il s'assit, la regardant :

— Je ne vous ai point oubliée, répondit-il, pourriez en dire autant pour moi ?

— Toujours j'ai songé à vous, monsieur Garrick, mais je ne me sentais pas le courage d'affronter votre présence je savais que vous deviez me mépriser.

— Et vous avez changé d'idée ?

— Je suis malheureuse et ai besoin d'un ami pour me soutenir.

— Quoi, le prince ?.

— Il est parfait, il m'aime toujours plus que jamais.

— Et vous ?

— Je l'adore.

— Eh bien que vous faut-il de plus ?

— La tranquillité que je n'ai pas, que jamais je n'aurai tant qu'il me protégera.

— La dessus, le doute n'est pas permis.

— Si en me séparant de lui je pouvais lui rendre la vie plus agréable.

— Comment cela, puisqu'il vous aime ?

— Il m'oublierait vite, une fois remis avec le roi et la reine.

— C'est certain. Il ne passe pas pour être fidèle à ses amis et les abandonne facilement.

— C'est une calomnie. Mais je voudrais être aidée de vous pour quitter cet hôtel et disparaître.

— Ou voudriez-vous aller ; et d'abord, votre résolution est-elle définitive ?

— Oui, quittant Londres j'irai au pays de Galles, chez les parents de mon mari.

— Quel serait mon rôle dans cette séparation ?

— Organiser mon départ, je ne peux confier mon projet à personne.

— Ce sera facile, mais le prince vous fera rechercher à moins que...

— A moins qu'il ne m'oublie, interrompit-elle.

— C'est ce que je voulais dire.

Elle baissa la tête, des larmes coulèrent sur ses joues, la voyant bien décidée à rompre, Garrick prépara sa fuite et le lendemain un carrosse attelé de deux chevaux, le postillon à cheval, faisant joyeusement claquer son fouet, s'arrêtait devant la maison. Perdita était prête, Garrick était avec elle lui répétant pour la dixième fois que si elle devait faiblir, revenir à Londres, il valait mieux ne point s'exposer au ridicule que son retour provoquerait. Il la conduisit jusqu'à la voiture, lui donnant des conseils, et l'aida à monter, puis le lourd équipage se mit en branle, le fouet fendit l'air de ses clic-clac, les grelots tintèrent et bientôt tout disparut, on n'entendit plus que le roulement sourd et régulier des roues sur le pavé auquel se mêlait la sonnerie joyeuse des grelots. Garrick quitta la place où il était resté immobile et lentement, prit le chemin de sa maison, songeant que cette fuite serait suivie d'un retour peut-être très prompt.

— Elle m'écrira, dit-il.

Mistress Robinson, seule avec une jeune fille qui l'accompagnait pour lui servir de femme de chambre, regardait se dérouler le paysage. La route filait à travers les prairies, les cultures, traversait les villages dont les habitants debout, regardaient passer le carrosse bruyant, soulevant autour de lui des nuages de poussière. Les rivières, les ruisseaux coulaient lentement dans les plaines et les vallées, coupant leurs verdures de longues bandes d'argent liquide auxquelles le soleil chaud donnait un éclat éblouissant. Dans le pays de Galles l'allure des chevaux devint moins vive à cause du terrain accidenté. Enfin après s'être arrêté à un dernier relais on arrivait à Trévecca où résidait M. Harris qui fut très surpris en voyant descendre de la voiture, une femme fort élégante, avec des manières de reine, accompagnée d'une suivante au bras de laquelle elle appuyait légèrement sa main gantée.

Mary Robinson s'approcha du squire, qui se découvrit, et se fit reconnaître. Le bonhomme la reçut avec de grandes démonstrations d'amitié. Sa fille ne montra pas moins d'amabilité. Ce monde escomptait déjà cette visite, car M. Harris lisait les journaux et connaissait la situation de sa parente. Elle avait dû faire des économies importantes et laisserait

comme souvenir de son passage quelque cadeau de
grande valeur. On lui fit préparer deux belles cham-
bres, sa voiture fut remisée sous un hangar après
avoir subi un complet nettoyage, sa cousine l'aida à
ranger ses vêtements qui emplissaient une demi-
douzaine de caisses. Elle poussait des cris d'admiration et d'étonnement à la vue des riches costumes,
des bijoux élégants que l'on sortait des malles et
qu'elle osait à peine toucher.

M. Harris, esprit fort s'amusait de l'aventure. Si
sa nièce s'était donnée au premier venu, il l'eut chassée immédiatement comme une fille de rien ayant
honteusement trompé son mari, ce n'était pas le cas.
Horace avait pris son parti de la situation puisqu'il
en vivait largement et publiquement. C'était son affaire, on ne pouvait raisonnablement se montrer
plus difficile que lui. Tout ce monde n'eut qu'une
idée, exploiter le plus possible, le trésor qui lui arrivait si inopinément.

Ce fut de la part du père, la chasse à la guinée.
Il découvrait chaque jour une terre à acheter, il lui
manquait trente à quarante livres pour payer comptant, Mary Robinson les offrait, refusait les recon-
naissances qu'on lui proposait pour le rembourse-
ment, disant que cela n'en valait pas la peine ; miss
Harris, se faisait offrir des bijoux, colliers, bracelets,
épingles, pendants d'oreilles, à ce jeu leur parente
arriva à n'avoir plus beaucoup d'or et d'objets précieux, quand parut son mari, inquiet d'une absence
qui durait depuis un mois et était à Londres le sujet

de toutes les conversations. Il repprocha à sa femme
son départ si brusque, sans motif sérieux et chercha à la décider de retourner dans la capitale.
D'abord elle refusa.

— Avez-vous au moins des ressources ? lui demanda-t-il. Il l'amena à faire l'inventaire de ce qui lui
restait ; mille livres à la banque d'Angleterre, pour
la même somme de bijoux laissés chez elle, et ses
toilettes.

— Mais mon oncle et sa fille vous ont indigne-
ment dépouillée ? s'écria-t-il. Il vous faut quitter
cette caverne de voleurs.

— Ce sont de braves gens.

— Dites leur que vous ne possédez plus rien et
vous verez comme ils changeront de ton.

Malgré ses efforts, il n'arrivait pas à la convaincre, lorsqu'on annonça un voyageur qui demandait
à s'entretenir avec mistress Robinson, il avait refusé
de donner son nom disant qu'il était connu de la
jeune femme.

— Il est venu à cheval, dit M. Harris, accompagné
de deux laquais, ce doit être un grand personnage.
Mary, un peu contrariée, dit d'introduire le visiteur
et jeta en le voyant, un cri de surprise :

— Vous mylord, ici ! dit-elle, dans quel but ?

— Dans un but que vous devinez sans efforts, répondit-il en s'inclinant.

La famille Harris qui était présente à l'entrevue
se voyant en présence d'un pair du royaume demeura
comme figée par la surprise, l'émotion, l'orgueil de

posséder sous son toit une aussi grande illustration.
La figure du père était devenue plus rouge que son
gilet éclatant brodé d'or, ses yeux brillaient regardant
le grand seigneur qui daignait se faire voir dans la modeste maison du squire après avoir, sans doute pour
peu de temps, abandonné les palais de Londres. Il
cherchait à parler, mais il ne trouvait pas les mots
appropriés à la situation, sa langue tournait dans le
vide, ses lèvres ne laissaient échapper que des sons
inarticulés. Il put enfin prononcer non sans peine :

— Ma nièce, conduisez donc le noble lord au grand
salon ; Sa Grâce et vous serez mieux là pour causer.

— Vous avez raison mon oncle, répondit Mary, je
vous montre le chemin, mylord, dit-elle en s'adres-
sant à Malden.

Majestueuse comme une déesse, elle se dirigea
lentement vers le fameux salon, suivie du comte sur
le passage duquel Harris, père et fille, s'inclinèrent
jusqu'à terre.

Sir Horace Robinson qui avait vu entrer lord Malden s'était vivement éclipsé, se doutant bien qu'il
était envoyé par le prince pour lui ramener Mary.

— Le confident de Son Altesse arrive à temps se
dit l'honnête mari, ma femme et moi allions nous
trouver sur la paille, position peu enviable.

Il expliqua à son oncle et à sa cousine les fonctions
que remplissait lord Malden auprès du prince de
Galles et finit en leur disant que très probablement,
il venait chercher Mistress Robinson, sur l'ordre de
son maître.

Tout le monde fut d'avis que la jeune femme devait
obéir et retourner à Londres dans son intérêt et dans
celui d'une famille dont elle était aimée et qu'elle
ne pouvait abandonner.

Heureusement l'éloquence de lord Malden suffit
pour décider Mary dont l'absence avait encore aug-
menté la passion. Il fut décidé qu'elle se mettrait en
route le lendemain.

Le confident avait tout prévu pour le départ im-
médiat ; au cas où il eut été difficile de trouver dans
la localité où s'était retirée Mistress Robinson, un
carrosse et des chevaux. Sir Horace voulut accompagner sa femme, lord Malden lui dit brutalement
qu'il ne voulait point de sa société et pouvait rentrer
seul pour éviter les plaisanteries des journalistes qui
allaient parler désagréablement du prince et de sa
favorite. Les railleries, les injures ne cesseraient
pas pendant quinze jours si l'on savait que Robinson
était du voyage.

IX

Le prince de Galles attendait à Kew le résultat de
la démarche de lord Malden qui arriva un soir lui ra-
menant sa maîtresse. Sa joie fut grande, il commen-
çait à désespérer. Saisissant une main de Perdita, il
la porta à ses lèvres sans pouvoir prononcer une parole, quand il eut repris un peu ses sens il l'entraîna
dans une allée ombreuse longeant la Tamise, lord
Malden les regarda s'éloigner et lorsqu'ils disparu-

rent derrière le feuillage épais des arbres, il haussa les épaules en faisant à demi voix cette réflexion :

— Ce sont les dernières lueurs d'un feu de paille qui s'éteint, si Mistress Robinson recommençait sa fugue je crois bien que Son Altesse ne me dérangerait plus pour la retrouver.

Il s'assit sur l'herbe et, tranquillement, attendit les amoureux qui, dans l'ombre discrète du sentier, échangeaient des baisers et des serments.

— Pourquoi m'avoir quitté ainsi, ma chère Perdita? demanda le prince.

— Afin de vous épargner les injures dont on vous accable à cause de moi, Monseigneur.

— Vous savez bien que je n'y attache aucune importance.

— Peut-être en ce moment. Mais viendra un jour où vous changerez d'avis.

— Pour quelle raison?

— Parce que vous m'aimerez moins, alors les allusions perfides, les mots cruels vous seront sensibles et, rapidement, s'éteindra votre amour.

— Ne croyez pas cela, mon amie.

— Je voudrais ne point le croire, mais hélas, en vain je lutte contre cette idée, toujours elle me revient à l'esprit, elle s'impose, fait partie de moi-même.

— Promettez-moi de ne plus m'abandonner, Perdita.

— Je vous le promets et vous avoue que, dans peu de temps peut-être, vous regretterez que je ne disparaisse pas.

— Vous me croyez donc bien méchant !

— Non. Mais les ennuis que vous cause et vous causera notre liaison finiront par vous fatiguer, vous exaspérer; alors dès que cette idée aura germé en vous elle se développera, deviendra un véritable cauchemar et vous me détesterez.

Le prince baissa la tête sans répondre. Mistress Robinson par une délicate et maladroite insistance venait brusquement de semer dans un cœur déjà blasé par des relations qui duraient depuis longtemps, des germes d'une indifférence qui pourrait se changer en haine.

Elle devina ce qui se passait dans l'âme de son amant et le regarda; ses yeux étaient fixés sur la terre, il semblait plongé dans des réflexions n'ayant aucun lien avec la situation du moment. A côté de Perdita, il marchait lentement ne paraissant plus songer à elle, qui, surprise de son attitude attendait qu'il lui adressât la parole.

Lord Malden qui s'impatientait, craignant que des promeneurs ayant reconnu le prince, poussés par la curiosité eussent voulu entendre ce qu'il disait à sa gracieuse compagne en se dissimulant derrière les buissons, vint interrompre ce lourd silence.

Il aperçut ceux qu'il cherchait, marchant avec lenteur, côte à côte, n'échangeant n'y un regard, ni une parole.

Diable, ce dit il, ce silence glacial aurait-il été précédé d'un échange de phrases trop vives?

Il toussa pour avertir de sa présence. Les deux amants s'arrêtèrent automatiquement et à l'expression de leurs physionomies, Malden devina que tous les deux étaient par la pensée, bien loin de Kew, des bords de la Tamise, de l'île où ils avaient passé des heures si douces en écoutant le chant des oiseaux dans les arbres, le clapotement de l'eau sur les berges, le frissonnement des feuilles doucement agitées par le vent.

— Qu'y a-t-il, Malden ? demanda le prince dès qu'il eut repris son sang froid.

— Il y a, Monseigneur, que la nuit approche et qu'il est temps de rentrer au château.

— Vous avez raison, il ne faut point que l'on se doute de quelque chose...

— Autrement, gare les folliculaires, interrompit le comte, c'est pour cela que j'ai pris la liberté de venir vous avertir.

Mary fut conduite à l'auberge de la petite île accompagnée par le prince et Malden. Celui-ci resta dans le jardin pendant que les deux amants donnaient leurs ordres à l'hôtelier empressé à les satisfaire, tout en perdant beaucoup de temps en courbettes et en salutations.

Quand tout fut prêt, le prince se retira promettant de revenir le lendemain, laissant la jeune femme seule, dans cette maison isolée sous la protection du paysan loquace et d'intelligence bornée qui avait juré de bien surveiller sa pensionnaire.

Les deux hommes, montés sur la nacelle qui les avait amenés gagnèrent la rive opposée, le comte attacha la petite embarcation à un tronc d'arbre, son maître le regardait accomplir son travail. La nuit tombait, le ciel bleu disparaissait lentement sous un voile noir d'une transparence merveilleuse au travers duquel on voyait poindre comme des clous d'argent, les étoiles.

— Dépêchons-nous, dit le prince.

Ils s'engagèrent sur le chemin qui conduisait à une entrée du château, le gardien qui les reconnut, leur livra passage en s'inclinant bien bas et ferma la porte derrière eux.

Pendant leur absence un messager venu de Londres avait apporté de la part du roi, un ordre écrit où l'héritier du trône était appelé à la résidence royale pour le lendemain, onze heures. Ce message surprit le prince car il n'y était fait aucune allusion au motif qui l'avait fait envoyer.

— Que me veut-on à Saint-James? dit Georges à son favori en lui donnant à lire la lettre de son père.

— Je ne me doute pas des intentions de sa Majesté, répondit Malden. Peut-être y a-t-il conseil et l'on tient à avoir votre avis sur les questions qui seront discutées. Il est inutile, Monseigneur, de vous tourmenter pour une chose qui ne vous causera qu'un dérangement d'une journée à peine.

— Puisses-tu dire vrai? Mais je suis inquiet.

Le lendemain, escorté par quatre cavaliers, le prince partait pour Londres après avoir fait à lord Malden ses recommandations au sujet de mistress Robinson.

— Si cela est possible, je serai de retour ce soir,

dit-il, dans tous les cas, quoiqu'il arrive, demain dans la matinée.

Quand l'héritier du trône et sa suite eurent disparu, le comte se promena, songeur. Il se doutait qu'une crise intime allait éclater dans la famille royale et l'entretien aurait pour sujet les relations trop affichées de son maître avec la jeune comédienne.

— Si on se montre dur, il cédera, se dit-il, et Perdita sera abandonnée après une courte résistance, pour la forme. Son Altesse commence à se fatiguer de cette pauvre femme pour qui il aurait tout sacrifié aux débuts. Elle pleurera, souffrira, cela me rend un peu triste, mais ce qui calmera ma peine, c'est la tranquillité que j'aurai en échange. Perdita tenait une place trop grande dans ma vie et, pourtant une autre lui succédera.

Il eut l'intention de se rendre auprès de l'abandonnée pour lui faire prendre patience, puis il réfléchit qu'il était plus sage d'attendre le retour de son maître qui lui indiquerait sa conduite pour l'avenir. De cette façon il évitait une entrevue où il n'eut ouï que des plaintes entremêlées de soupirs, ou vu que des larmes coulant, pareilles à des perles, sur des joues pâlies. Il fit une longue promenade à cheval, alla se reposer, tout en dévorant un repas plantureux dans une taverne à quelques milles de Kew et ne rentra qu'assez avant dans la soirée. Comme il s'en doutait, le prince n'avait pas reparu.

— Demain, se dit-il, je verrai son Altesse ou je recevrai d'elle une lettre. Je vais me coucher en souhaitant que les amoureux jouissent d'un sommeil aussi profond que celui dans lequel je vais être plongé bientôt, mais j'en doute. Ils n'ont pas, comme moi, l'esprit calme ni l'estomac bien garni, deux choses indispensables pour bien dormir.

Une demi-heure plus tard, il s'étendait voluptueusement dans un grand lit à colonnes et, cinq minutes après, le bruit de ses ronflements faisait trembler les meubles. Il se réveilla un peu courbaturé, la tête encore un peu lourde, s'étira et appela un laquais qui accourut. Il lui dit d'ouvrir les fenêtres, un air pur et frais emplit la chambre et les dernières fumées de la demi ivresse de la veille se dissipèrent. Il s'habilla lentement aidé du valet et sortit faire une promenade en attendant le prince qui arriva à dix heures, l'air soucieux et maussade.

— Mauvaises nouvelles pour mistress Robinson, murmura-t-il, attendons les confidences de son Altesse.

— Tu ne devines pas pourquoi on m'a fait appeler à Saint-James ? lui dit brusquement le prince.

— Je n'en ai point la moindre idée, Monseigneur.

— Voici. Il a été décidé par le roi Georges II que je devrai me soumettre à toutes les servitudes de l'étiquette officielle.

— Cela me semble une mesure excellente. Votre Altesse, si Sa Majesté était atteinte d'une maladie grave, devant la remplacer.

— Je sais les obligations qui vont m'incomber, mais on ne s'en tient pas là.

— Ah ! on vous demande autre chose, Monseigneur ?

— Oui Malden, on exige que je me sépare de Perdita, comprends-tu la douleur que me cause une semblable exigence ?

— Oui, Monseigneur, je comprends surtout que cette douleur eut été grande au début de vos relations avec mistress Robinson, mais aujourd'hui, c'est différent.

— Malden, tu me prends pour un homme au cœur sec, incapable d'affection durable.

— Non, Monseigneur, mais je pense que cette femme vous compromet, qu'à cause d'elle les journaux vous raillent et dans tous les lieux de plaisir on se moque de votre passion.

— Parce qu'on est jaloux, Malden, Perdita est belle, remplie d'esprit, comédienne merveilleuse et chanteuse admirable. C'est un chef-d'œuvre de la création.

— J'en conviens. Mais il y a longtemps déjà que Votre Altesse est à même d'apprécier toutes ces qualités brillantes et peut-être serait-il sage de mettre fin à cette admiration qui fournit à vos ennemis un prétexte pour vous manquer de respect.

— Alors ton avis serait ?

— Je ne pourrais que répéter ce que je viens de vous dire, Monseigneur.

Le prince, sans vouloir en convenir, était las de mistress Robinson qu'il trouvait trop aimante et trop absorbante. Depuis peu de temps, sans que son confident s'en fut aperçu, Georges courtisait une autre

merveille mondaine, mistress Fitz-Herbert qui se
montrait de glace, ne daignant même pas le regarder
quand il était au spectacle, ayant l'air de rechercher
les attentions délicates des autres hommes et d'exciter
la jalousie des femmes. Malgré toute la bonne volonté
des uns et des autres on ne lui avait découvert aucune préférence, rien qui put servir de point de départ à des commérages ou à des suppositions à peu
près admissibles. Elle de sa loge, au théâtre, elle
contemplait dédaigneusement la cohue dorée des
fonctionnaires de la cour, se donnant de l'importance,
les nobles, les fils de bourgeois, cherchant à se mêler
à eux : les femmes qui affectaient de ne point diriger
de son côté leurs yeux curieux. Quand elle voyait
Perdita, un frémissement léger agitait ses doigts, de
ses prunelles s'échappaient deux éclairs, mais cette
émotion n'était point devinée et disparaissait, vite
remplacée par un calme parfait.

Le prince de Galles dépité, presque furieux de ce
dédain, irrité des observations du roi et de la reine,
revint à mistress Robinson et déclara à son confident,
surpris, qu'il l'aimait plus que jamais, qu'il ne s'en
séparerait pas et que, au contraire, il l'obligerait de
quitter sa retraite, de se montrer au public et qu'il
saurait bien arrêter les langues des braillards, payés
par Fitzgérald et son groupe.

— Dis-leur, Malden, que si ces scènes se renouvel-
lent je les en rendrai responsables, si je ne suis ac-
tuellement que l'héritier du trône, je serai un jour le roi.

— Si vous eussiez toujours montré la même décision, Monseigneur, tout le bruit qui s'est fait au début de vos relations avec mistress Robinson aurait été calmé immédiatement, répondit lord Malden qui se reprochait intérieurement d'avoir trop parlé.

— Eh bien, à l'avenir je ferai voir à tous que je suis sinon leur maître, au moins leur supérieur.

— C'est parfait et j'applaudis à la décision que prend votre Altesse.

— Vois Perdita et que le plus tôt possible elle se montre au public avec le luxe qui convient à son talent, à sa beauté et à sa situation.

Le jour même le favori ayant hâte de réparer sa maladresse qui, heureusement n'avait point été remarquée, se rendit chez mistress Robinson et lui dit les volontés de son maître.

— J'obéirai, répondit-elle, après avoir essayé d'abord de protester. Mais elle aimait le prince, avait le goût du luxe, cet ordre flattait son défaut principal, elle ne fit des observations que pour la forme. Quelques jours après on la vit dans son lourd et luxueux carrosse se promener dans Londres. La foule se montra indifférente, les journaux ne parlant pas de la réapparition de cette étoile de première grandeur; Georges et sa maîtresse furent surpris agréablement par ce silence et se demandaient comment il avait pu être obtenu. Ce fut Malden qui donna l'explication de ce fait étrange.

Il avait vu lord Littelton au théâtre et lui avait fait part de la colère du prince et expliqué à quoi il s'exposait en organisant des cabales contre Perdita. Le jeune lord après une minute de réflexion se dit qu'il était prudent de cesser cette guerre à coups de plume où il pouvait perdre beaucoup pour la simple satisfaction de sa vanité. Il parla à ses amis dans ce sens et tous furent d'accord pour se montrer réservés. Malden avait également fait une visite aux journaux dont il acheta l'indépendance à coups de guinées. Et encore la somme ne fut pas élevée, car c'était la bourse du prince que devait solder ces dépenses. Ce dernier applaudit à ce qu'avait fait son confident, et l'on revit à Drury-Lane, dans une loge, la brillante Perdita, un diadème dans les cheveux, pareille à une reine, applaudissant ses anciens camarades enchantés de la voir enfin braver ses ennemis.

Le prince se montrait souvent avec sa maîtresse, les passions n'étant plus excitées, au lieu de se fâcher le peuple prit le parti de rire et même d'applaudir Perdita quand elle trônait dans son équipage. Sa beauté qu'ils ne disaient plus, d'après ses ennemis, être celle du diable, séduisait surtout par la bonté refletée par la physionomie, la douceur angélique du regard. Un jour dans la petite retraite de Kew, assis à l'ombre des arbres du jardin, les deux amants répétaient pour la millième fois les mêmes phrases d'amour et Perdita disait doucement au prince :

— Georges, je suis heureuse maintenant.

— Et tu le seras toujours, ma Perdita bien-aimée, toujours.

— Ne vous exagérez point ainsi, seigneur ; vous êtes trop jeune, voyez donc, vingt-quatre ans.

— Ton âge, ma chérie.

— Je vieillirai, je deviendrai laide et alors je vous
déplairai.

— Tais-toi, ne parle point ainsi.

Et il arrêtait sur ses lèvres, par un baiser bruyant,
les paroles prêtes de s'échapper.

— Demain, mon amie, arrive ici un artiste illustre,
ta présence sera indispensable, nous passerons la
nuit à mon logis au château ; à huit heures nous
avons rendez-vous.

— Nous avons ? Vous, mon Georges.

— Nous, mon amie ; car cet artiste est Thomas
Gainsborourgh, le peintre célèbre. Il vient pour re-
produire tes traits. Ce sera un véritable chef-d'œuvre.

La jeune femme connaissait le grand artiste qui, à
plusieurs reprises différentes, quand elle jouait à
Drury-Lane, lui avait demandé de faire son portrait,
mais elle avait toujours refusé parce qu'il mettait
pour condition que son confrère Georges Romney,
aussi connu que lui et ayant un talent au moins égal,
n'obtiendrait pas la même faveur ; comme elle avait
pour Romney la plus grande admiration, elle ne voulut pas lui faire une insulte ; Gainsborough s'entêta
et ne fit point le portrait. Averti de ce mauvais procédé, Georges Romney lui fit la même proposition,
mais n'y mettait aucune condition. Il se montrait
plus généreux que son rival, mais mistress Robinson
n'accepta pas pour ne point envenimer encore la jalousie de Gainsborough, qui fut enchanté quand lord
Malden l'invita à passer chez son maître qui tenait à le

voir. Il se rendit au palais de Buckingham où il fut introduit immédiatement auprès du prince qui expliqua ce qu'il désirait.

— Mais je vous préviens, dit Georges en terminant l'entretien, que vous n'aurez à imposer à mistress Robinson aucune condition, autrement, j'aviserai.

Le peintre promit et le lendemain, Perdita était à son atelier. Le portrait qu'il fit la représentait assise à l'ombre d'un arbre, en avant d'un épais massif de verdure — commencé à Londres le tableau fut achevé près de Kew — vêtue d'étoffe légère, au haut du corsage assez décolleté, un nœud de rubans, les épaules couvertes d'une gaze transparente, les cheveux relevés, retombant en longues boucles sur le cou, retenus au sommet de la tête par un ruban. Les manches arrêtées au-dessous du coude laissant voir les bras nus ; les mains délicates posées sur la jupe serrant de menus objets et les pieds chaussés de mules pointues apparaissant, fins et délicats au bas du vêtement orné d'une guipure. Un petit chien cowley à longs poils est posé assis sur un siège à côté de sa maîtresse dont la mélancolique et douce physionomie se détache du fond sombre de verdure. Puis des arbres isolés, le tout enveloppé d'une atmosphère diaphane d'une délicatesse étonnante.

Ce tableau excita l'admiration de tous ceux qui obtinrent la faveur de le voir, les éloges ne furent point ménagés à l'artiste ni à son modèle; cette fois, Perdita était bien la favorite en titre et non plus la maîtresse que l'on dissimulait discrètement. Ceux qui s'étaient

empressés de faire leur cour à mistress Fitz-Herbert
l'abandonnèrent pour accourir chez son heureuse
rivale. Naturellement les journaux se répandirent en
éloges sur le génie du peintre qu'ils placèrent bien au-
dessus de ses confrères les plus distingués et même
au-dessus de Romney, l'illustre émule de Gainsborough. Perdita lut ces articles, sa bonté en souffrit,
elle en parla à son amant qui se contenta de lui répondre que ces disputes ne l'intéressaient pas.

La jeune femme pensa qu'il avait cru deviner dans
ses paroles une demande indirecte d'un nouveau
portrait d'elle, mais cette fois signé Romney, et,
comme il s'était déjà plaint du prix élevé qu'il avait
payé à Gaingsborough, il ne se souciait pas de re-
commencer une semblable dépense. Sans le prévenir elle se rendit chez Romney et lui demanda de
faire d'elle un second portrait. L'artiste qui avait été
froissé des réticences, des sous-entendus des journaux à son égard, accepta la proposition et sans que
le prince en eut le moindre soupçon, elle alla poser
non plus à la campagne, en cette fin d'octobre, sans
soleil, sans verdure, toute enveloppée de brouillards,
mais à l'atelier du peintre qui la fit dans un ovale,
en buste, avec un vêtement noir d'hiver, bordé de
dentelle noire, largement ouvert sur la poitrine, enveloppée d'un corsage blanc, les mains enfouies dans
un manchon, les cheveux toujours relevés et retombant en cascades sur le cou, mais cachés par un bonnet avec un entourage des bouillons blanc surmonté
d'une étoffe légère d'un rose pâle. Cette coiffure

s'harmonisait merveilleusement à sa physionomie qu'elle encadrait par les attaches qui cachaient les oreilles et se réunissaient par un nœud sous le menton.

Quand le tableau fut terminé, l'artiste demanda l'autorisation de faire venir quelques amis pour le voir :

— Certainement, répondit Perdita, il faut qu'on parle de vous, ce sera votre revanche sur le parti pris des courtisans qui n'admirent que ceux qu'ils croient en faveur.

Alors ce fut un défilé à l'atelier. Il y eut d'abord de l'hésitation, mais lorsque quelques caractères indépendants eurent affirmé la beauté de l'œuvre, que les journaux, sans la moindre hésitation, imprimèrent que Romney avait un talent au moins égal à celui de son illustre confrère — quelques-uns insinuèrent même qu'il lui était supérieur — il faut tout prévoir quand on veut flatter les grands.

Quand le prince apprit par son entourage que Perdita avait commandé un portrait à Georges Romney, il se fâcha, craignant pour sa bourse et eut pour la jeune femme des paroles dures qui lui arrachèrent des larmes. Il ne pouvait pourtant pas se ruiner pour elle. Elle lui expliqua qu'il n'aurait point à solder cette dépense qui la regardait seule ; il s'adoucit, comprenant qu'il s'était montré trop dur, mais le coup avait été violent et quand elle fut seule, Perdita donna un libre cours à son désespoir, d'autant plus que le nom de mistress Fitz-Herbert avait été prononcé par le prince. Lord Malden fut mis au courant de ce qui s'était passé et son maître lui re-

nouvela ses plaintes à propos des dépenses de sa maîtresse :

— Cette existence n'est plus possible, s'écria-t-il, elle pleure, elle gaspille, elle est coquette et jalouse.

Son confident se garda bien de lui donner tort, tout en cherchant à diminuer l'importance de ses griefs. Il devinait que la tendresse de Perdita était devenue un cauchemar pour celui qu'elle adorait.

Ces preuves d'une grande passion avaient plu long-temps à Georges, peu à peu il s'en était fatigué et sans songer encore à rompre il avait souvent manifesté sa mauvaise humeur par des paroles brèves, des froncements de sourcils, des gestes brusques que ceux qui n'étaient point initiés attribuaient à son caractère, mais ne trompèrent pas Malden qui suivait cette décroissance d'un amour violent à son début et attendait l'occasion de donner son avis. Cette occasion venait de naître brusquement pour la seconde fois, il l'avait saisie, se disant que la séparation était proche.

Chaque jour il parlait au prince de l'inévitable séparation à laquelle il fallait se préparer et il sentait faiblir la résistance, s'amollir l'énergie, s'éteindre le feu, si vif au début, de cette passion qui ne devait finir qu'avec la vie. Un jour son maître tout à fait converti à ses idées le chargea de prévenir mistress Robinson que la situation ne pouvait se prolonger plus longtemps ; qu'il devenait indispensable pour lui de rétablir son prestige compromis par son intimité pour une comédienne. Perdita qui depuis plusieurs mois, ne voyait plus son amant s'attendait à cette confidence, cependant sa douleur fut si violente qu'elle eut une crise de nerfs. Quand elle eut repris ses sens elle pleura et écouta, du moins en apparence, les phrases du lord Malden. Elle l'interrompit, les trouvant trop longues et lui dit durement :

— Assez de paroles, mylord, je suis complètement renseignée sur le projet de Son Altesse...

— Qui vous regrette et vous regrettera toujours Madame, car elle vous aime plus, si c'est possible que lorsqu'elle a eu le bonheur de vous rencontrer sur son chemin.

— Vos beaux discours ne me feront prendre le mensonge pour la vérité...

— Oh ! je vous jure...

— Ne jurez pas, n'ajoutez pas un faux serment à tant d'ignominies. Moi j'aime le prince comme au premier jour, je ne mens pas. Je souffre en songeant que je ne le verrai plus, jamais, que je n'entendrai plus chanter à mon oreille comme une musique céleste, ses protestations d'amour. Dites le lui bien, Mylord. N'allez pas lui raconter que j'ai reçu avec indifférence la terrible nouvelle, parce que je trouverai bien le moyen de lui faire connaître la vérité.

— Je ferai ce que vous m'ordonnez Madame, et je suis certain que le cœur de Son Altesse se brisera quand je lui rapporterai vos paroles.

X

Le confident retourna auprès de son maître et lui raconta sa mission. Le prince se sentit soulagé d'un

poids énorme qui l'oppressait. Enfin il était délivré
de celle qu'il avait tant aimée, que jamais il ne devait
abandonner. Au moment de la rupture, le duc d'York
son frère, qui avait été passer quelques mois dans son
évêché d'Osnabrück, débarquait à Londres et fut,
le lendemain de son arrivée, après les premières
échanges d'affection plus ou moins sincères avec ses
royaux parents, s'informer de mistress Robinson,
dont la réputation avait franchi la mer d'Allemagne
et pénétré dans l'électorat de Hanovre, comme comédienne d'abord, puis comme maîtresse de l'héritier du
trône et enfin par les portraits exécutés par les deux
plus grands peintres de l'Angleterre, reproduits par
la gravure et répandus dans tout le Saint-Empire.

— Nous sommes séparés, lui répondit le prince,
depuis quinze jours nous ne nous voyons plus.

— Diable, mon cher frère, qu'est-il arrivé?

— Elle m'aimait trop.

— Singulier prétexte pour rompre. Je crois plutôt
que c'est toi qui ne l'aimait plus et alors ses caresses
que tu avais recherchées ont fini par t'agacer, à
moins qu'il n'y ait une nouvelle passion en germe.

— Non, je n'aime plus aucune femme.

— Tu mens. On parle à Hanovre d'une merveille
qui éclipse, paraît-il, ta Perdita.

— Je n'ai point entendu parler de ce trésor.

— Allons donc! Mistress Fitz-Herbert. Mais j'ai
quitté mon palais épiscopal, mes ouailles, inter-
rompu le cours de mes homélies pour accourir admirer cette merveille.

— En quoi cela peut-il intéresser un évêque ?

— Comment, mais cette question est une plaisanterie. D'abord je suis protestant, j'ai donc le droit de me marier, d'aimer les femmes. Ce n'est pas comme mon collègue catholique qui occupe en ce moment le palais épiscopal pour six mois. Lui, c'est autre chose, il a fait des vœux, et ce qui m'étonne, il les respecte. Du reste, tout le monde sait que je préfère l'épée à la crosse épiscopale, je tiens surtout aux revenus de mon évêché, qui me permettent de tenir mon rang.

— Et d'entretenir des maîtresses,

— Que veux-tu, mon frère, c'est une passion fort avouable et qui n'empêche pas de faire son chemin si on est habile. Notre glorieux et illustre aïeul Ernest-Auguste, qui fut d'abord évêque luthérien de mon diocèse, arriva, à force d'habileté, à se créer presque un royaume en réunissant les principautés qui formèrent le duché de Hanovre et décrocha le chapeau d'Électeur. Pourtant il aimait la ripaille, passant son temps à table, et une cloche d'argent prise dans le clocher d'une chapelle catholique lui servait de verre. Il lampait le contenu de cette gigantesque coupe en une seule fois. Il eut des maîtresses, entre autres la comtesse de Platen qui le trompait et qui fit assassiner son amant, Philippe de Kœnigsmarck, parce qu'il la trompait. On croyait que ce goinfre dissolu s'amusait, il laissait dire, travaillait, et nous bénéficions de son habileté, ses descendants occupent le trône de Grande-Bretagne et d'Irlande.

Il ne perdait pas son temps cet amoureux passionné, ce buveur sans rival, nous sommes bien petits, comparés à lui.

— Toi, tu suis son exemple comme ivrogne et ami des femmes.

— Ce n'est point déjà si mal. S'il a péché, je pêche également, il est responsable de mes fautes, si j'en commets. Mais toi, ne tiens-tu pas de lui par la passion du beau sexe et l'amour de l'or, je n'ose pas dire l'avarice, car enfin, si tu te sépares de mistress Robinson, c'est parce que tu es épris des charmes de mistress Fitz-Herbert et que cette pauvre Robinson, qui raffole de toi te coûte trop d'argent. Ce sont ses goûts de dépense qui ont tué ta passion pour elle.

— Je l'avoue, elle me coûte trop, mon maigre budget ne peut suffire à ses folles exigences.

— Méfie-toi de Fitz-Herbert ; elle t'aimera non pas pour toi, mais pour elle, car elle est incapable d'aimer. Elle est ambitieuse et te fera faire des sottises qui te nuiront auprès du peuple.

— Quelles sottises, puisque tu dis qu'elle se montrera peu exigeante pour l'argent.

— La première, c'est de t'amouracher d'une catholique, ce qui en est déjà une mauvaise ; la deuxième, c'est qu'elle voudra se faire épouser.

— Tu rêves tout éveillé.

— Non, elle ne cédera qu'après t'avoir fait accepter cette seconde condition.

— Elle pourra renoncer au catholicisme.

— N'y compte pas. Tout ou rien. Elle restera papiste.

— Même, ce qui est invraisemblable, si je l'épousais ?

— Certainement.

— Eh bien, je te jure de renoncer à sa conquête, si les choses doivent se passer ainsi.

— Tu n'y renonceras pas, parce que lorsque tu voudras mettre à exécution ce beau projet, tu seras amoureux fou.

— Sois sérieux, Frédéric, et cesse de te moquer de ton frère. Amuse-toi de ton côté, laisse-moi me distraire comme il me plaira et les choses iront bien.

— Je le souhaite, mais ne le crois pas.

L'évêque luthérien, sceptique et débauché, faisant à son frère, héritier du trône, un cours de morale, cela semblait à celui-ci l'effet d'une gageure. Aussi n'attachait-il aucune importance à ses conseils, et il se disait que, peut-être, le duc d'York était également amoureux de mistress Fitz-Herbert et la désirait pour lui ; il se promit d'arrêter cette intrigue à son début.

Le prélat guerrier, qui avait servi sous les ordres du grand Frédéric dans ses campagnes contre l'Autriche, n'avait que les défauts du premier Électeur de Hanovre sans aucune de ses qualités. S'il faisait de la morale à son frère, c'est parce qu'il craignait une révolution qui eut renvoyé en Allemagne sa famille, ce qui ne lui souriait pas. Il admettait pour lui-même l'existence dissolue, mais l'héritier du trône devait se montrer plus réservé à cause de sa position, puis, comme il faut tout prévoir, Georges pouvait mourir et il devenait, par cette mort, prince de Galles, il fallait tout prévoir. L'ancien amant de Perdita ne s'occupait point de ces détails de famille, il ne songeait qu'à ces nouvelles amours.

A Londres, on croyait que mistress Robinson vivait dans la retraite et durant quelques semaines on ne s'occupa pas d'elle; mais peu à peu, se répandit le bruit de la rupture, alors elle eut des amis et des défenseurs. On la plaignit et les journaux furent remplis d'injures à l'adresse du prince de Galles, qui abandonnait-lâchement une femme dévouée, aimante, respectable, malgré sa faiblesse. Il la laissait sans ressources sans même lui assurer une existence modeste. L'indignation, d'abord un peu factice, devint de l'exaspération réelle quand on apprit qu'il cherchait à remplacer la douce Perdita par l'orgueilleuse Fitz-Herbert, qui, de plus, était catholique et s'en faisait gloire.

Alors on salua respectueusement l'abandonnée qui avait dû vendre ses équipages, renvoyer ses domestiques et se contenter d'une seule femme pour son service. Son hôtel luxueux, ses plus riches meubles passèrent dans d'autres mains et ses deux portraits étaient sur le point d'être vendus, quand un spéculateur intelligent vint lui proposer, avant de s'en séparer, de les faire voir au public qui paierait, naturellement, pour contempler ces chefs-d'œuvre. Elle soumit l'idée à Garrik qui l'approuva, et des journaux, des brochures, des feuilles volantes, annoncèrent en style hyperbolique cette exposition, qui eut lieu à Panthéon-Concert où, durant dix jours, elle attira une foule énorme.

Pour accroître encore l'attrait, aux deux portraits de

la jeune femme, Thomas Gainsborough voulut ajouter celui qu'il avait fait pour la duchesse de Devonshire qui avait protégé et aimé Perdita, et, malgré sa faute, en lui avait point retiré son amitié, tout en ne la voyant plus. Le peintre alla solliciter la duchesse qui d'abord refusa, puis elle réagit contre ce qu'elle appelait une mauvaise pensée et promit le tableau.

L'œuvre si fine de Romney fut placée entre les deux portraits en pied de son rival, ce voisinage écrasant en fit encore ressortir la délicatesse. Lady Devonshire debout devant un gracieux paysage ensoleillé, avec des grands arbres enveloppés d'une lumière opaline, c'était bien le pendant admirable de Perdita, se détachant, gracieuse, d'un fond de verdure disparaissant dans un horizon lointain.

La famille royale, sauf le prince de Galles, alla admirer les trois tableaux, ce fut, durant dix jours, dans la haute société de Londres une fièvre qui se communiqua à la bourgeoisie ; les hommes plaignaient tout haut la douce victime que le prince sacrifiait à son égoïsme féroce, l'indignation était générale et on imprima même qu'il n'était anglais que par hasard, mais allemand de race, que le peuple anglais n'était point responsable des actes de ce prince étranger.

Celui qui causait cette colère sentait se changer en haine son indifférence pour Perdita qu'il accusait d'avoir fomenté et d'entretenir ce tapage. Il eut été le maître qu'il l'aurait chassée de l'Angleterre, impuissant de ce côté, il résolut de ne plus s'occuper de sa victime et ne songea qu'à sa nouvelle passion.

Après bien des lettres, des démarches, il en obtint enfin un rendez-vous qu'il fixa lui-même près de Kew, dans la petite maison qui aurait dû lui rappeler tant de doux et de si inoubliables souvenirs.

Le comte Malden avait par sa fonction de favori, été chargé de la mission de porter les missives et de parler à mistress Fitz-Herbert, mais il se montra moins éloquent qu'avec Perdita quelques années auparavant. Son affection pour son maître avait diminué, et celle que l'on voulait circonvenir était trop prudente, avait un accueil trop froid pour faire jaillir l'éloquence de l'avocat à qui, malgré son scepticisme, il était resté, pour l'abandonnée, beaucoup d'affection au fond du cœur.

La nouvelle idole se montrait de glace et repoussait les avances du prince qui, dans ses lettres, lui répétait ce qu'il avait écrit avec tant de passion à Perdita. Enfin, après deux mois de cette cour assidue, l'évêque d'Osnabrück décida l'orgueilleuse Fitz-Herbert à accepter un rendez-vous, elle promit de se rendre à Kew le surlendemain.

— Voulez-vous, Madame que l'on vous fasse accompagner pour éviter les mauvaises rencontres ? lui demanda le duc.

— Non, Monseigneur, j'irai seule avec mon laquais qui me protègera.

— Vous allez rendre mon pauvre frère le plus heureux des hommes quand je vais lui annoncer votre promesse de le voir.

— Oh qu'il ne s'en exagère par l'importance, nous

causerons d'abord, après nous verrons si nous pouvons nous entendre.

— Vous vous entendrez certainement, car vous avez rendu fou, ou à peu près, l'héritier du trône. C'est flatteur pour une femme.

— Je ne sais pas si une autre femme en serait flattée, quant à moi, cela m'est indifférent. Son Altesse tient à me voir, à me parler, je cède à son désir.

Frédéric d'York raconta au prince de Galles son entrevue :

— C'est une femme comme on en voit peu que cette Fitz-Herbert, dit-il en terminant, je crains pour toi bien des ennuis. Elle n'a rien de mistress Robinson, celle-ci, rien qu'une beauté plus hautaine qui attire et fait peur tout à la fois.

L'entrevue eut lieu près de Kew dans l'auberge de la petite île où s'étaient autrefois rencontrés Georges de Hanovre et mistress Robinson. C'était toujours le même décor d'arbres, de verdure, avec la Tamise entourant l'îlot avec sa maison perdue sous le feuillage, coulant doucement vers Londres. L'atmosphère chaude un peu humide enveloppait le paysage et au-dessus, le ciel d'un bleu très doux comme voilé par une gaze blanche, fine, d'une merveilleuse transparence. Mais si la nature n'avait point changé, les êtres n'étaient plus les mêmes. Le prince de Galles n'éprouva aucune sensation en se retrouvant dans cette solitude qui ne lui rappela pas la douce et aimante Perdita à qui il avait juré un éternel amour dans cette chambre, sous ces mêmes arbres, au bruit

du flot chantant sur la rive, au chant des oiseaux,
cachés dans le feuillage. Le passionné d'autrefois
avait tout oublié, si son cœur battait d'impatience
c'est qu'il attendait sa nouvelle passion pour lui faire
les mêmes serments qu'autrefois il avait faits à une
autre. Mistress Fitz-Herbert arriva enfin après s'être
fait longuement attendre.

Elle était à cheval, suivie d'un laquais. Elle s'arrêta
en face de l'île, sauta légèrement à terre, puis rele-
vant sa jupe descendit dans la barque qui alla s'accrocher en face de l'auberge où attendait le prince.
L'entrevue fut courte. La jeune femme reparut bientôt dans un cadre de verdure, accompagnée de
Georges de Hanovre qui tenait une de ses mains
qu'il pressait doucement. Après avoir de nouveau
traversé la Tamise, elle se remit en selle et regardant
vers la petite maison aperçut le prince debout, qui
lui envoyait des baisers. Elle inclina la tête, donna
la bride à son cheval et l'amoureux déçu la suivit du
regard jusqu'au moment où la gracieuse amazone disparut derrière une rangée d'arbres. Il jura contre Perdita qu'il accusait de son insuccès et retourna à Kew,
songeant aux deux femmes, maudissant l'une et adres-
sant à l'autre des prières qu'elle n'entendait plus.

Sa maîtresse délaissée lui avait remis les bijoux
qu'il avait offerts au moment où il l'aimait avec passion, il ne songea pas à les lui retourner et les garda
pour une autre conquête. Il fallut que lord Malden
rappela que la pauvre Perdita ne possédait aucunes
ressources pour qu'il songeât à lui faire remettre

mille livres, se trouvant fort généreux par le don de cette somme.

Mais la séparation lui attira autant d'injures que la liaison. On critiqua sa conduite avec une femme qui avait tout sacrifié pour lui plaire ; renoncé au théâtre qui lui donnait la gloire et la fortune, rompu avec ses amis et ses protecteurs, Garrick, Brenton Shéridan et d'autres sinon aussi illustres, au moins célèbres.

Mistress Robinson reconquit toutes les sympathies, on en fit une victime de son royal séducteur. Elle quitta Londres pour se rendre à Paris où sa réputation de grande artiste était établie, fut reçue brillamment ; le duc d'Orléans donna une fête en son honneur.

Mais quand elle apprit que le prince de Galles s'était consolé avec mistress Fitz-Herbert, qui était, disaient les journaux la femme la plus belle de Londres, et qu'il l'avait épousée, son émotion fut si violente qu'elle tomba sans connaissance et lorsqu'elle reprit ses sens elle était paralysée.

Elle mourut après quelques années de souffrance qui ne furent qu'une longue agonie, en pleine tourmente révolutionnaire, oubliée de tous, sauf de lord Malden qui était venu la voir et doucement lui reprochait de n'avoir point agi comme mistress Fitz-Herbert.

— Je l'aimais, répondait-elle.

NOTE

Le prince de Galles dont il est question dans ce récit eut un procès scandaleux en 1806, avec sa femme, la princesse Caroline de Brunswick. Régent du Royaume en 1815, c'est à lui que Napoléon adressa la lettre où il demandait l'hospitalité britannique. On l'envoya mourir à Sainte-Hélène. Il régna de 1820 à 1830 sous le nom de Georges IV.

Courbevoie. — Imprimerie E. BERNARD, 14, rue de la Station.